VQ

Frank Klötgen ist Spoken-Word-Poet und Netzliterat sowie Sänger und Texter bei Marilyn's Army. 2004 veröffentlichte er mit *Spätwinterhitze* den ersten deutschsprachigen Hyperfiction-Roman, 2007 erschien sein Erzählband *Will Kacheln.*

Was, wenn der Tod doch nicht das letzte Wort hat? Der zu Lebzeiten mäßig bekannte Schriftsteller Schelling wird von einem ehrgeizigen Ärzteteam aus seinem siebzehnjährigen Koma erweckt. Doch der beschwerliche Weg zurück ins Leben führt in eine wenig vertraute Welt: Schellings Frau ist zwischenzeitlich verstorben, seine Tochter erwachsen und er selbst nunmehr über den Erfolg seiner Bücher zu größter Berühmtheit gelangt. Der Patient wird zum Spielball der Machtkämpfe innerhalb der Klinik, schon bald lernt er, der neuen Umgebung zu misstrauen. Je stabiler sein gesundheitlicher Zustand wird, desto mysteriöser und beängstigender stellen sich die Vorgänge in der Klinik dar. Im rauschhaften Strudel der Ereignisse verwischen die Grenzen zwischen Realität und Fiktion. Und die Frage, wer hier welche Fäden zieht, wird zur beklemmenden Ungewissheit …

Frank Klötgen

DER FALL SCHELLING

Roman

Verlag Voland & Quist, Dresden und Leipzig, 2010

Lektorat: Stephan Ditschke
Umschlaggestaltung: Marcel Theinert
Typographie: Tropen Studios, Leipzig
Tonaufnahmen und Mastering: Audiofenster, Berlin
Druck und Bindung: CPI Moravia, Czech Republic
CD-Produktion: polycopy, Aachen

www.voland-quist.de

Teil 1

1

Und ich war wieder da.

Das Knacken der Relais echote durch den Flur, wurde vom Blinken und Britzeln der sich einpegelnden Neonröhren verfolgt, die mir eine nach der anderen aus der Tiefe entgegenflackerten. Das Linoleum knarzte, als wenn ein seit Ewigkeiten unbetretener Raum eine Streckübung vollziehen würde. In Erwartung neuer Besucher. Langsam tasteten sich meine Blicke voran. Es war noch nicht wieder hell. Aber ich spürte, dass eine Hand auf meinem Bauch lag. Dass es meine Hand war. Ich war wieder da.

Böger sah nicht auf die Uhr. Er wusste, dass er nur einen Schritt zurücktreten musste, um die mächtige Platane als Sichthindernis auszuschalten und die Uhr im Giebel von St. Marien auftauchen zu lassen, und seine Augen waren gut genug, die Uhrzeit auf diese Distanz abschätzen zu können. Aber er tat diesen Schritt nicht. Tat ihn nicht, weil es Bedeutung hatte. Weil es Gründe gab, diesen Schritt zu tun, Gründe, die er immer gelten ließ und die nun hier und jetzt nicht gelten sollten, und er ärgerte sich, dafür seinen Willen bemühen zu müssen – nicht einfach stehen zu bleiben, sondern sich immer wieder bewusst gegen jenen Schritt zu entscheiden. Aber der Blick auf St. Marien blieb von der Platane verdeckt, während die kondolierenden Freunde und Unbekannten an Böger vorbeihuschten. Zumindest das Ergebnis stimmte.

Er sah Marlies mit einer männlichen Begleitung vor dem Friedhofstor aus einem Taxi steigen. Dort draußen schien ein Wind zu gehen, von dem auf dem Gelände nichts zu spüren war. Auch die Blätter der

Platane rührten sich nicht. Nur Marlies strich sich immer wieder durchs aufgewehte Haar, vielleicht öfter als nötig. Sie nestelte in ihrer Handtasche nach Geld für den Taxifahrer, der aus dem Kofferraum einen mächtigen Kranz hervorzog, dem Marlies' Begleiter mit übertriebenem Elan entgegensprang, um sich als Träger anzubieten.

Marlies beobachtete dies mit kritischem Blick. Irgendetwas schien ihr an der Art und Weise, wie ihr Bekannter den Kranz hielt, beanstandungswürdig, sie sagte aber nichts, zahlte und strich sich durchs Haar.

In jeder dieser Bewegungen und Blicke hatte Böger eine Bewegung und einen Blick von Marlies erkannt. So etwas blieb. Und auf gewisse Weise gehörte das nicht unmittelbar als falsch einsichtige Tragen des Kranzes zu jener Art von Fehlern, die auch ihm früher von seiner geschiedenen Frau vorgeworfen worden waren.

Marlies hatte ihn schnell unter den Umherstehenden vor der Kapelle ausgemacht, war eiligen Schrittes auf ihn zugesteuert und umarmte Böger ohne Begrüßung, ja, stürzte sich in die Umarmung, plötzlich aufschluchzend, wisperte: »Warum nur, warum?« Er spürte ihren Körper beben, unter seinen wie zum Schutz um sie geworfenen Armen, spürte ihre warme, tränenfeuchte Wange an seinem Hals und antwortete: »Ich weiß es nicht«, wiederholte leiser werdend: »Ich weiß es nicht«, bis ihm die Stimme brach und er zum ersten Mal seit der Nachricht von Timos Tod zu weinen begann – und das stärker, als er geahnt hatte. Es verwirrte ihn, auch weil Böger bemerkte, wie sehr er die Umarmung genoss. All dies ließ ihn straucheln, und er ließ dieses Straucheln geschehen, sackte mit dem Kopf und Oberkörper auf Marlies' Schulter. Und sich gegenseitig in ihrer Umklammerung stützend, musste er geschehen sein, der Ausfallschritt zurück.

Als Böger den Kopf hob, zeigte St. Marien zwanzig vor elf an.

Marlies nahm erleichtert das von ihm angebotene Taschentuch entgegen und schnäuzte sich, laut. Ein Haar ruhte auf ihrem schwarzen Blazer, gleich neben dem Kragen, an jener Stelle, wo Bögers Kopf gelegen hatte. Er vermochte nicht zu sagen, ob es von ihm war.

Der Assistent notierte 10:38 Uhr als Zeitpunkt der Wiederbelebung – der Zeitpunkt, an dem alle Prozesse des Stoffwechsels, alle Kreisläufe wieder aufeinander ansprachen, sich gegenseitig regelten, im Gleichgewicht hielten. Auf schwachem Niveau, aber so stabil, dass man sagen konnte, hier sei eine Stufe erklommen, von der man einen Rückfall in die Leblosigkeit als eine dem normalen Lauf der Dinge entsprechende Möglichkeit ausschließen durfte.

Man hatte gejubelt, sich auf die Schultern geklopft und gegenseitig abgeklatscht wie erfolgreiche Sportler. Eine Schwester war mit einem Tablett voller Prosecco-Kelche durch die Reihen gegangen, wie beseelt von dem allgemeinen Triumph und anmaßend genug, sich einen eigenen Anteil daran zuzurechnen. Man hatte auch die Kollegen aus dem Behandlungszimmer zum Anstoßen hereingebeten, die sich trotz der positiven Signale nur schweren Herzens von ihrem Patienten lösen konnten und die beiden zu ihrer Entlastung herbeibestellten Assistenzärzte wortreich in ihre Aufgaben einwiesen. Sie würden sich nicht für lange Zeit von dem Ort entfernen, an dem sie in den letzten entscheidenden Stunden das erarbeitet hatten, was nun auf ewig als gewaltiger Handstreich in ihren Biografien festgemacht war. Vermutlich würden sie nur für die Dauer der Danksagung, die Kruschke als Bögers Vertretung aussprechen sollte, den spartanisch aus dem Nichts initiierten Feierlichkeiten beiwohnen, bevor sie wieder gen Behandlungszimmer zogen. Es war ihnen anzumerken, dass ihnen der bloße Anblick der Gerätekurven ihres neugewonnenen Patienten einen Genuss bereitete, gegen den der Spumante vergebens anprickelte.

Es widerstrebte ihr, daran zu glauben, irgendetwas in ihrem Blut könnte den Zeitpunkt wittern, an dem die Maschinen im Krankenhaus ihren Vater zurückrufen würden. Sie wusste ja ohnehin seit einigen Tagen, dass es nun irgendwann soweit sein musste, und es schien ratsam, in dieser Situation die einfachsten Erklärungen gelten zu lassen. Es würden noch allerhand Herausforderungen auf sie zukommen, die keine einfachen Lösungen duldeten und bei denen sie nicht im Geringsten abschätzen konnte, wie sie zu ihnen Stellung beziehen würde.

Sie hatte sich in den letzten Wochen – ganz im Gegenteil zu dem, was ihr bevorstand – der Erinnerung an ihre Mutter hingegeben, Fotoalben hervorgekramt und die DVD vom Bretagne-Urlaub angeschaut, die dieser unglückliche Tollpatsch liebevoll zusammengestellt hatte, der in jenem Jahr für wenige Monate um die Zuneigung ihrer Mutter gekämpft hatte. Fairer als andere, ungeschickter als manche und hartnäckig wie kein Zweiter, gerade auch, als alles längst verloren war, wenn man eine gewisse Verankerung von Zuneigung auf beiden Seiten einer Partnerschaft voraussetzt, um von jener überhaupt sprechen zu können. Es passte zu ihm, bei der Auswahl der Szenen die eigene Präsenz in diesem Urlaub vollends ausgeklammert zu haben. Dabei erinnerte sie sich noch genau daran, dass sie voller Faszination seine DV-Kamera ausprobiert hatte und es folglich einige Aufnahmen mit ihm gegeben haben musste. Doch man sah nur eine glückliche Mutter und ein überglückliches Kind am Strand von Saint-Brieux herumtollen, ein vorsichtiges Pferdestreicheln an der Koppel, ein übermütiges Herumalbern in der Schlafkoje des Wohnmobils. Eine Ferienidylle, für die der Mann hinter der Kamera nicht nötig war.

Überhaupt konnte sie sich nicht daran erinnern, dass es ihr irgendwann wichtig gewesen wäre, sich an das Gefühl zu klammern, da sei ein neuer Vater vorstellig geworden, wenn Mutter ihre neuen Partner mit in die Wohnung brachte. Ihr Vater war der Mann, der die Bücher geschrieben hatte. Der jene Bücher geschrieben hatte, die nicht alphabetisch zwischen den anderen eingeordnet wurden, sondern links auf einem der ohne Rückwand auslaufenden Enden der Regalbretter aneinander lehnten, vom Rest der Weltliteratur durch die senkrecht verlaufenden Regalplanken getrennt. In jedem der sechs Bücher gab es ein Foto, in jeweils zweien das gleiche, und eines davon stand in Farbe in einem schlichten Glasrahmen neben den Büchern, manchmal von einer Vase flankiert, in der eine gelbe Wiesenblume steckte, von der sie schon früh wusste, dass es die Lieblingsblume ihres Vaters gewesen war, die sie als Kind wieselflink auf jeder Wiese hatte identifizieren können, ohne ihren Namen zu kennen, auch später noch, als sie ihren Vater mit der Unbekümmertheit einer Fünfjährigen vergessen hatte und sich an ihn kaum mehr erinnerte als den Mann, der die sechs Bücher neben jener Blume geschrieben hatte, nach der sie bei Spaziergängen unentwegt Ausschau gehalten hatte, um sie dann ihrer Mutter jubelnd anzukündigen: »Papas Blumen!«

Mit sieben Jahren hatte sie zum ersten Mal versucht, die Bücher ihres Vaters zu lesen, dann immer wieder, irgendwann nicht mehr. Schließlich hatte sie sich mit dreizehn durch die fremdartigen Geschichten gekämpft, während sie eine Lungenentzündung im Krankenhaus auskurierte. Es war ihr nicht gut gegangen, Mutter hatte aus Sorge um sie geweint, und noch mehr, als sie sah, wie die kranke Tochter die Bücher ihres verstorbenen Vaters verschlang. Dabei war es alles andere als ein Verschlingen. Die Bücher sagten ihr nichts, lasen sich zäh, sie brachten ihr nichts zu Bewusstsein, in dem sie sich oder ihre Vergangenheit hätte wiederfinden können.

Mit sechzehn hatte sie weitere Leseversuche unternommen, war aber stets nach wenigen Seiten zu der Erkenntnis gelangt, die sie drei Jahre zuvor bereits gehabt hatte und die ihr nun immer früher die Lust am Weiterlesen verderben sollte.

Vermutlich würde ihr Vater sie irgendwann fragen, ob sie seine Bücher gelesen habe. Sie schämte sich bereits jetzt, diese Frage so bejahen zu müssen, dass klar werden würde, eine Vertiefung des Themas könne nur zu beidseitiger Verlegenheit führen. Andererseits: Worüber sollte man denn sonst miteinander reden? Über Wiesenblumen, deren wirklichen Namen sie nie in Erfahrung gebracht hatte, weil sie und ihre Mutter immer von »Papas Blumen« gesprochen hatten? Über unbeholfene Liebhaber, die nie einen Platz eingenommen hatten, der ihr die Illusion eines neuen Vaters gegeben hätte? Über Mutter?

Über Mutter. Natürlich.

Das Gluckern schwoll an und trieb die angestaute Leere vor sich her, flutete die Leitungen eines in den Wänden verborgenen Rohrsystems bis in unvermutete Verästelungen, ehe sich machtvoll mein Brustkorb anhob, den Strom zur Umkehr zwang, innehielt und dann sanft absinkend das Zurücksprudeln zuließ. Dieser Rhythmus widerstrebte dem Vertrauten um genau jene Nuance, die ihn als fremdbestimmt markierte. Das war nicht ich, der da ohne fremde Hilfe durch die Flure spazierte.

Ein Zucken blitzte durch eines meiner Augenlider und signalisierte mir, dass ich zumindest imstande war, meine Augen zu öffnen. Ich ließ davon ab, fühlte mich nicht bereit, die Dinge an mich dringen zu lassen, war für einen Moment von der Sehnsucht gepackt, alles lässlich Gewordene möge auf unbestimmt ausgelöscht bleiben. Aber ein nervöser Augenmuskel drängte zum Ausloten des Beherrschbaren, ein Schlepper des Bewusstseins, der sich fortan nicht wieder wegdenken lassen würde.

Ich spürte, dass das Licht dort draußen heller war, als man mir weismachen wollte. Es drang greller durch meine geschlossenen Lider, als es bei geöffneten Augen wirkte. Auch der Ort der Lichtquelle verschob sich, als wäre eine Mechanik mit meinem Augenaufschlag verbunden, die eine hellere Lichtquelle von weiter oben abdunkelte und ein gedämpftes Licht unmittelbar über mir anwarf, sobald ich meine Augen öffnete.

So unwirklich das Ganze auch schien, ich war mir gewiss, nicht mehr zu träumen. Ich spürte die Bewegung meines Augenaufschlags mit einer nie erlebten Intensität, fühlte jede Kontraktion, die hierfür vonnöten war, und verstand diese Mühen als Signal, dass die Bewegungsfähigkeit allmählich in meinen Körper zurücksickerte, genoss plötzlich all dies als Verheißung, den ersten Errungenschaften würden weitere folgen, genoss auch das rätselhafte Spiel der wechselnden Lichter. Ich ließ die Lichtquellen im Takt meines Zwinkerns umschalten, bis ich müde wurde und unter dem augenlidgefilterten Strahl hinwegdämmerte.

Mir war, als wenn ich in diesem Moment jemanden über mir aufatmen hörte. Aber ich war vor allen Dingen müde.

»Er schläft.«

Kruschke versuchte der Meldung, die im Kreise des Teams für eine Welle der Begeisterung gesorgt hatte, keinen unschicklichen Überschwang beizumischen, der Böger in irgendeiner Weise hätte aufstoßen können. Der Kollege hatte immerhin einen Sohn unter die Erde zu bringen. Andererseits blieb zu konstatieren, dass Bögers Anruf zu diesem frühen Zeitpunkt dem seltsam verschobenen Verhältnis zwischen Privatleben und Beruf entsprach, das man dem Leiter der Reanimationsgruppe nachsagte, und das man innerhalb des Teams ohne Scheu als Missverhältnis bezeichnete. Man wähnte Bögers Privatleben vollends zugunsten seiner beruflichen Pflichten aufgegeben, auch wenn eine ihm näherstehende Person wie Kruschke jederzeit bestätigt hätte, dass der Kollege durchaus seine privaten Momente lebte und auch den Selbstmord seines Sohnes aus erster Ehe intensiv betrauert hatte, aber eben auf seine Art. Es war eine Form von Professionalität, die Böger befähigte, die Trennung zwischen Beruf und Privatleben selbst bei intensivsten Einschnitten lupenrein zu belassen und sobald erforderlich oder zeitlich erlaubt von einer Person zur anderen zu wechseln. Kruschke hatte diese Eigenart in den langen Jahren ihrer Zusammenarbeit zu schätzen gelernt. Doch es gab nur wenige Menschen, denen eine solche Befähigung Respekt einflößte – auch im Team zeigte man sich erschrocken über jene vordergründige Gleichgültigkeit, die Böger trotz seiner privaten Tragödie davon abhielt, den Fall Schelling zumindest zeitweise an jemand anderen zu übertragen. Man hatte Kruschke sogar Vorwürfe gemacht, sich hierfür nicht explizit angeboten zu haben. Als wenn er Böger dafür nicht viel zu gut kannte. Als wenn sie nicht beide gemeinsam siebzehn Jahre lang um die Fortführung des

Reanimationsprojektes gerungen hätten. Als wenn diese Zeit nicht genügt hätte, um zu wissen, dass die Leitung eines solchen Projektes auch beinhaltete, sich die Nummer zwei im Team respektvoll auf Abstand zu halten.

»Und, wie geht es dir?«, fragte Kruschke, sich bewusst, damit die bögersche Professionalität zu untergraben.

Böger schluckte. »Wie soll es mir schon gehen? Es war schrecklich. Wir gehen jetzt in die Gaststätte. Marlies ist auch dageblieben … Ich kann noch nicht sagen, wie lange das hier dauern wird, werde aber versuchen, anschließend noch in der Klinik vorbeizuschauen.«

»Das hat Zeit. Sein Zustand ist stabil, und du solltest dir die Auszeit gönnen. Gerade, wenn Marlies dabei ist!«

Insgeheim widerte es Kruschke an, den Namen von Bögers erster Frau in einem freundlichen Tonfall über die Lippen zu bringen. Das Hickhack um die Trennung vor zehn Jahren war ihm noch allzu präsent, das peinliche Zieren und Zerren, mit dem Böger in den Kampf gezogen war, um dann eines Nachmittags völlig unvermittelt vor Kruschke in Tränen auszubrechen. Eine beklemmende Situation, die den Auftakt einer schleichenden Entfremdung vom langjährigen Kollegen und Freund bildete.

Ungläubig hatte Kruschke in jenen Tagen die Entscheidung akzeptieren müssen, man würde Böger zu Schroers Nachfolger als Leiter des Reanimationsprojektes ernennen. »Eine Art Therapie«, hatte Kruschke sich immer wieder gesagt, um die eigene Enttäuschung zu mildern. Und tatsächlich ging mit der zusätzlichen Verantwortung einher, dass Böger sich wieder fing, Souveränität zurückerlangte.

Kruschke seufzte innerlich. »Wir sind hier gut aufgestellt, und vor morgen früh wird eh nichts mehr in Angriff genommen.«

»Mal sehen. Vielleicht fühle ich mich auch gar nicht danach. Du bleibst vor Ort?«

»Auf jeden Fall.«

»Gut. Dann vielleicht bis später. Und informiere bitte die Tochter!«

Alles war also geschehen wie geplant. Die Reanimation war erfolgt und geglückt – auch während Bögers Abwesenheit. Es blieb eine höchst unglückliche, pietätlose Überschneidung der Ereignisse, für die es letztlich aber keine Alternative gegeben hatte, auch medizinisch nicht. Die Frage war, was nun zu tun sei, da er immer noch rechtzeitig zur Klinik gelangen konnte, um dem gesamten Team seine Glückwünsche auszusprechen und als Projektleiter Präsenz zu zeigen, hier dagegen nur noch ein Ritual des Ausklangs auf dem Programm stand, das für Böger in der Trauer um seinen Sohn keine Bedeutung hatte.

Die letzten Wagen hatten sich auf dem Parkplatz eingefunden, und er gab den fragenden Blicken seiner Bekannten zu verstehen, dass mit ihm alles in Ordnung sei und er ihnen in wenigen Minuten in die Gaststätte folgen würde. Man würde sein Umherstreunen auf dem Rasen hinter den Begrenzungspfählen als eine Form der Trauer auslegen und den drinnen bereits wartenden Gästen entsprechend erklären. Erst jetzt bemerkte Böger die auf der Wiese verankerten Schaukeln und Spielgeräte, den kitschigen Beigeschmack, den sie der Szenerie gaben. »Ich habe hier nichts mehr verloren«, sagte er sich und dachte an den Autor, der vor wenigen Stunden in der Klinik wiedererwacht war.

Als Böger schließlich den Gasthof betrat, hatte sich die verhaltene Stimmung unter den Anwesenden schon in Freude über das Wiedersehen aufgelöst. Marlies winkte ihm zu und zeigte auf den freien Stuhl neben sich, von dem sie nun ihre Handtasche hob, mit der sie den Platz für Böger reserviert hatte. Er würde alles dafür geben, von Marlies Verständnis für seine Arbeit zu bekommen, ihr Interesse und verstehendes Nicken wie die größte Zärtlichkeit empfangen. Alles andere ließe sie einander endgültig verlieren – nun, da auch Timo und die Sorge über ihn nicht mehr herhalten konnten als Verbindung zwischen dem Jetzt und ihrer gemeinsamen Vergangenheit. Und in dem Moment, als Böger dies begriff, flossen wieder Tränen und Marlies ergriff seine Hand. Was die Sache nicht besser machte.

Es war also geschehen. Es hatte geklappt. Zumindest ging dies aus den Worten des Arztes hervor. Eine Vertretung Bögers, während des Anrufs um Verständnis bemüht, aber doch zu sehr im medizinischen Jargon gefangen. Kein Mensch, der sich außerhalb des Klinikgebäudes mit Worten Respekt verschaffen konnte, und es war vielleicht auch deshalb, dass sie sich an seinen Namen nach Beendigung des Gesprächs nicht mehr erinnern konnte.

Es machte nicht den Anschein, als wäre es zum gegenwärtigen Zeitpunkt sinnvoll, in die Klinik zu fahren. Aber sie kam nicht umhin, das Aufeinandertreffen mit ihrem Vater als unausweichlich zu akzeptieren, so sehr es ihr auch widerstrebte, sich an diesen Gedanken zu gewöhnen. Es wäre tröstlich, jetzt jemanden wie ihre Freundin Bea in die Sache einzuweihen, doch sie hatte Böger zugesichert, keiner Seele etwas von der Angelegenheit zu erzählen, solange er nicht sein Einverständnis erteilt hatte. Sie sah selbst ein, dass sich eine solche Nachricht unkontrollierbar verbreiten konnte, sobald nur eine falsche Person in den Kreis der Mitwisser geraten würde. Und sie vermochte nicht einzuschätzen, ob sich Bea oder irgendeiner der in Frage kommenden Freunde zu unbedingter Verschwiegenheit disziplinieren ließ.

Der Zeitpunkt, ab dem aus der vollzogenen Wiederbelebung ihres Vaters eine Nachricht würde, hatte Böger gemahnt, habe maßgeblichen Einfluss auf den Erfolg der kompletten Unternehmung, auf den Zusammenhalt im Team, die gesundheitliche Stabilität des Patienten und schließlich auch auf ihre eigene Privatsphäre. Es liege in ihrer Hand, zu entscheiden, ob die Annäherung an ihren verlorenen Vater zu einer Aufführung im Blitzlichtgewitter werde.

Nun, es war sein Projekt – und sie würde Böger nicht entgegnen, dass es hier doch schließlich um *ihren* Vater ginge. Denn darum ging es eben nicht. Noch nicht jedenfalls.

Was war geschehen? In meinem Hinterkopf schlummerte ein träger Wulst an Erinnerungen. Manchmal gelang es mir, einen Faden zu ergreifen, aber alles entglitt mir, sobald ich den Versuch unternahm, etwas an mich heranzuziehen oder die Konturen des Verhüllten nachzuzeichnen.

Wieder konnte ich durch meine Lider dieses Licht sehen, welches beim Öffnen der Augen erlöschen würde. Ich erkannte die Logik und den Zusammenhang, aber es blieb die Frage, warum sich alles so verhielt und woher es mir vertraut war. Es rührte an eine Erfahrung, die sich nicht wachrufen ließ, die sich weiterhin dumpf in den hintersten Winkeln meines Kopfes versteckt hielt.

Meine Hände lagen zu beiden Seiten neben mir. Ich erinnerte mich daran, dass vor Kurzem noch eine Hand auf meinem Bauch gelegen hatte, konnte aber nicht sagen, wie und wann sie von dort auf den sich ungewohnt anfühlenden Untergrund hinuntergerutscht war. Eine Hand zu heben, dies wieder rückgängig zu machen, gelang mir nicht. Das Signal zu meinen Händen lief durch taubes Armfleisch, das sich als Leitung anbot, selbst aber unansprechbar und beteiligungslos blieb.

So waren es nicht meine Arme oder eine Hand, die ich anhob, sondern lediglich meine Finger, die sich kurz vom Untergrund lösten, wieder auf ihn niedersanken, erneut hochschnellten, diesmal länger in der Luft verharrten, als würden sie schweben, auf den Boden zurücksanken und sich kraftlos in diesen hineindrückten. Ich kannte das Material. Ich habe das alles hier einmal gekannt. Meine Hilflosigkeit würde nicht von Dauer sein.

»Und, wie läuft es auf der Arbeit? Irgendwelche neuen Projekte?«

Böger wusste, dass Marlies die Frage allein ihm zuliebe stellte, nicht aus wirklichem Interesse. Eine vom bändedicken Wissen um den anderen gestützte Liebkosung. Sie wollte ihm Gelegenheit geben, sich aus dem beklemmenden Schweigen herauszureden, über Dinge, die nur für ihn Faszination und Tiefe besaßen. Er erinnerte sich an Gesprächsrunden, die sich allein aus Freundlichkeit interessiert gaben, wenn er ungefragt und ungebremst von seiner Arbeit berichtete, an den genervten Blick von Marlies.

»Es gibt so viel. Ich weiß gar nicht, wo mir der Kopf steht.«

»Du solltest weniger arbeiten. Ich habe dir das immer gesagt. Auch du wirst nicht jünger.«

»Nein, da hast du recht.«

Es war an der Zeit, von hier aufzubrechen, wenn Böger noch irgendjemanden in der Klinik antreffen wollte. Aber er würde hier sitzen bleiben und wunderte sich selbst über seinen Entschluss. Sollten sie doch Kruschke den Sekt unterjubeln. Gegenüber lachte plötzlich Marlies' Begleiter auf, der seinem Platznachbarn irgendwelche Funktionen seines Handys demonstrierte. Was für ein Idiot, dachte Böger. Was für ein unglaublicher Idiot.

Marlies hatte das Abirren seines Blickes verfolgt und ergriff diese Gelegenheit zum Themenwechsel: »Ohne Jerry hätte ich das alles nicht durchgestanden. Er war sofort da.«

»Hm.«

Jerry. Was für ein Idiotenname. Das fiel Böger jetzt erst auf.

»Wir kennen uns noch von der Uni, weiß gar nicht, ob ich dir mal von ihm erzählt habe. Aus Britas Freundeskreis. Anfang des Jahres haben wir uns zufällig nach einer Theatervorstellung getroffen. Er wohnt jetzt auch in Stuttgart.«

Marlies begann Gemeinsamkeiten von sich und Jerry aufzuzählen, Orte und Personen, die zwischenzeitlich ihre beiden Lebenskarrieren gekreuzt hatten, ohne dass man voneinander gewusst hätte. Sie tat dies so euphorisch, als gälte es, dem Wunder ihres Wiedersehens einen religiösen Überbau zu verpassen. Jerry schaute ab und an geschmeichelt und mit verlegenem Lächeln herüber. Er hatte längst realisiert, dass über ihn gesprochen wurde, wollte aber nicht mit eigenen Einwürfen Marlies' Redefluss unterbrechen. Er gefiel sich in der Rolle des Gesprächsthemas. Ein Idiot. Meine Güte, Marlies hatte sich verändert.

Die naive Begeisterung ihrer Beschreibungen mochte der besonderen Situation geschuldet sein, mochte ihr helfen, die schwer dressierbare Trauer im Zaum zu halten, aber hier blitzte auch ein neues Faible für die vergangene Epoche der Studienzeit hervor. Rührseligkeit. Das Alter eben.

Ja, wenn Böger es recht besah, war Marlies alt geworden. Sie führte den Monolog einer alten Frau vor ihm auf. Er wurde nachdenklich, sah in der vor sich hin plappernden Marlies die verstrichene Zeit ihrer Partnerschaft. Die gemeinsamen Jahre. Die langen Jahre der Trennung. Zeit, um die sein Leben unweigerlich gekürzt worden war. Und es war abermals Lebenszeit, die in diesem Moment vorüberstrich, während Böger einem Gespräch beiwohnte, das ihn langweilte. Wütend machte. Wohl auch, weil in seinen Gedanken die Geschehnisse in der Klinik um Aufmerksamkeit buhlten.

Sie hatte viel gelesen. Zur Vorbereitung, Böger hatte ihr dazu geraten. Um ihr die Angst vor dem Ungewissen zu nehmen, die Situation gedanklich fassbar zu machen. Fürsorglich hatte er sie mit Berichten aus medizinischen Journalen versorgt, aber auch TV-Beiträge und Zeitungsartikel zusammenstellen lassen. Von anderen Familien. »Jeder Fall ist anders, natürlich!«, hatte er immer wieder betont, insbesondere dann, wenn Gefahr bestand, die Schilderungen in den jeweiligen Berichten könnten sie ängstigen oder verwirren, falsche Parallelen anbieten. Allenfalls, beschwichtigte Böger vorab, sei über diese Informationen eine Annäherung an Probleme möglich, die auch im eigenen, ganz individuellen Fall auftreten könnten.

»Jeder Fall ist anders, natürlich!« Sie hätte nicht sagen können, wie oft Böger diesen Satz ihr gegenüber wiederholt hatte, ganz so, als befürchtete er, sie könnte mit den überlassenen Materialien bei ihm auftauchen und verlangen, ihr Vater müsse ähnlich munter sein wie der malaiische Zwilling, der als Kleinkind wiederbelebt und den Kameras präsentiert werden konnte, von seinem nun deutlich älteren Bruder umarmt. Ein Foto, das millionenfach reproduziert um die Welt gegangen war und dessen Motiv der schöneren Geschichte wegen alle anderen Protagonisten wie Eltern und Ärzteteam außen vor ließ.

Wie sähe das Foto aus, das die Wiederbelebung ihres Vaters dokumentieren würde? Vermutlich ließe man es sich nicht nehmen, die Bücher im Hintergrund zu drapieren. Mochte die medizinische Sensation dieses Falls darin bestehen, dass mit siebzehn Jahren zwischen Ableben und Wiederbelebung eine bislang nie erreichte Zeitspanne überbrückt worden war, so war es ohne Frage für die breite Masse interessanter, dass der reanimierte Patient nicht ein von der Medizin ausgewählter Irgendwer war, sondern ein zumindest hierzulande vielgelesener Schriftsteller. Es würde eine Menge Fotos geben. Für einige würde man auch sie als Tochter mit aufs Bild bitten.

Sie betrachtete sich im Spiegel. Es hätte ihr besser gefallen, fünf Jahre früher zum Medienstar geworden zu sein. Die letzten Jahre und der lange Tod ihrer Mutter hatten unleugbare Spuren hinterlassen. »Hässlich bist du geworden!«, fauchte sie und empfand Genugtuung in der gegen sich selbst gerichteten Beleidigung.

Irgendetwas stimmte nicht. Ich spürte meinen Körper bis in die Zehenspitzen, aber es war beinahe so, als wenn er unter einem Bann stand, der nur die Fingerspitzen und Augenlider ausgespart hatte. Ich hatte das Bedürfnis mich aufzurichten, hinzusetzen. Spürte geradezu die an die hierfür zuständigen Muskeln gesandten Impulse durch die Nervenstränge pendeln, aber es tat sich nichts.

Waren die ersten Versuche noch kaum mehr, als auf gut Glück in den Wald zu schießen, war ich mir mittlerweile sicher, meinen Körper auf jene Weise anzusteuern, die die einzig richtige war. Es war nicht nötig, weiter zu probieren, ich hatte die Gewissheit zurückerlangt, dass mein Körper auf ebendiese Weise aufzurichten war. Doch so oft ich es auch versuchte – nichts regte sich. Nur meine Finger drückten krampfhaft in die Unterlage. Das Laken. Die Matratze.

»Leichte Bewegungen der Finger ab dem zweiten Gelenk«, notierte der Assistent und schaute Kruschke erwartungsvoll an, um festzustellen, ob dieser das Wunder auch bemerkt hatte und nicht zumindest mit einem Lächeln quittieren würde. Kruschke nickte. Aber lächelte nicht.

»Fingerbewegungen«, dachte er, »was auch sonst?!«

Böger hatte anordnen lassen, in den ersten Tagen den Bewegungsapparat des Patienten bis auf die Finger, Zehen und Gesichtsmuskulatur lahmzulegen. Er befürchtete einen Schock, eine Panikattacke, bevorzugte das langsame Vorantasten, Schritt für Schritt. Diese zögerliche Herangehensweise erwies sich jetzt als eine schwere Bürde. Es war deutlich zu sehen, wie der Patient immer wieder Versuche unternahm, sich zu bewegen. Und es war nicht anzunehmen, dass ihn allein die Lust am Schrecken dazu trieb.

Aber wie oft hatte Kruschke seine Einwände in den Meetings vorgebracht, angeraten, möglichst große Schritte zu wagen, zur Motivation des Teams und im Vertrauen auf die eigenen Kompetenzen, etwaige Problemsituationen auch beherrschen zu können? Hier lag nun also der mit einigen Tagen Verzögerung wieder zum Leben erweckte Autor und man beobachtete Fingerbewegungen, während die Anzeigegeräte vermeldeten, dass sich der Patient bereits seit Minuten an seinem stillgelegten Körper abmühte. Es wäre ein umfassender Triumph möglich gewesen – wahrnehmbare Bewegungen, die die Rückkehr des Lebens in diesen seit siebzehn Jahren konservierten Körper eindrucksvoll dokumentiert hätten. Als eine optische Entlohnung für die Mühen und Entbehrungen, welche das Team in den letzten Tagen auf sich genommen hatte. All dies war durch fehlenden Wagemut schon im Voraus abgewürgt worden.

»Na, zumindest müssen wir uns nicht Finger um Finger vorantasten!«, murmelte Kruschke dem akribisch seine Notizen anfertigenden Assistenten zu, dann verließ er das Behandlungszimmer.

»Also, wieso sagen wir nicht gleich Montag?«

Es tat Böger gut, dass Marlies ihn zu einem schnellen Wiedersehen nach Stuttgart einladen wollte. Beiden war klar, solch eine Reise würde in jedem Fall auch eine Übernachtung vor Ort einschließen. Dies unausgesprochen zu akzeptieren – auch das hatte eine Bedeutung, die dem interessiert lauschenden Jerry vermutlich entging.

Nur würde der Anfang der nächsten Woche ganz im Zeichen der Stabilisierung des Reanimationspatienten stehen. Zudem war für Montag eine Besprechung angesetzt, bei der es noch einmal darum gehen würde, das Team auf die weitere Vorgehensweise einzuschwören. Bezüglich der nächsten Schritte würde es ein Gerangel um Tage geben, das hatte Böger bereits bei einigen Mitarbeitern anklingen hören. Kruschke tat sich da seit einiger Zeit als Anheizer hervor. Nun kam es darauf an, den eigenen Standpunkt zu verdeutlichen und die Mehrheit des Teams auf seine Seite zu holen. Oder aber ihr Murren hinzunehmen. Er würde in dieser Phase keine Zugeständnisse machen.

Es war Böger selbst gewesen, der auf dieses Meeting gedrängt hatte, was er nun bedauerte, auch wenn dessen Wichtigkeit außer Frage stand. Er hätte Marlies gerne sofort mit der tatsächlich empfundenen Begeisterung zugesagt, und es tat ihm leid, beobachten zu müssen, wie seine Nachdenklichkeit und sein Zögern sie bereits zu kränken begannen.

»Ich würde wirklich furchtbar gerne …«

»Wir können es auf einen späteren Zeitpunkt verschieben, wenn es Montag nicht passt.«

Es schwang etwas Bitteres in ihrer Hilfestellung. Für Marlies schien ein späterer Zeitpunkt dem gesamten Vorhaben allen Sinn zu entziehen. Jerry schob sich ein weiteres Stück von Timos Beerdigungskuchen auf den Teller.

»Ja, das sollten wir unbedingt tun! Aber ich möchte auch, dass du weißt, wie sehr mich deine Einladung freut. Ich würde alles darum geben, dass es mir Montag möglich wäre …«

»Ist es etwas Berufliches? Wäre es nicht besser für dich, du würdest dir in den kommenden Tagen etwas Ruhe gönnen? Ich glaube wirklich, dass … Überleg' es dir bitte noch mal – das Angebot bleibt bestehen!«

Marlies wandte sich wieder ihrer Begleitung zu. Sinnlos, sich jetzt ihr gegenüber rechtfertigen zu wollen. Aber Böger würde alles daran setzen, im Spiel zu bleiben.

Der verfluchte Bus ließ auf sich warten. Es war lächerlich gewesen, ausgerechnet Jörg an diesem Nachmittag anzurufen. Natürlich konnte sie darauf bauen, sich in seiner Gesellschaft jede Eigenart leisten zu können, Redebedürfnis und Verschlossenheit gleichsam auszuleben. Sie bestimmte die Regeln, die Jörg nie anfechten würde, weil es ihm wichtiger war, sie um sich zu wissen, als gerecht behandelt zu werden. So war es eigentlich immer schon gewesen, auch damals, als die Verteilung der Rederechte zwischen ihnen noch auf Augenhöhe vollzogen wurde. Jörg als ihr jederzeit verfügbares Kraftfutter und Trostpflaster.

In der letzten Zeit war dieses Spielchen wieder fairer verlaufen, weil sie seine Avancen frühzeitig abwürgte, lieber das Verhältnis zwischen ihnen mit aller Bestimmtheit zurechtrückte, als sich in den mit größeren Hoffnungen verbundenen Annehmlichkeiten zu suhlen. Mittlerweile hatte Jörg zwar nicht die letzte Hoffnung, wohl aber seinen unbeirrten Glauben aufgegeben, zwischen ihnen könnte es jemals wieder etwas Ernsthaftes geben.

Sie hatte Jörg zwei Monate vor dem Tod ihrer Mutter kennengelernt, kurz nachdem diese zum dritten Mal ins Krankenhaus gekommen war. Sie war verzweifelt und ängstlich gewesen, hatte sich bereits als Waise gefühlt, als verlorenste Waise überhaupt, und stand panisch der Ahnung gegenüber, dieses ganze in ihrem Elternhaus ausgebreitete Leben, die Zahlungsraten für die Wohnung und den nie genutzten Wagen, die Versicherungen und all der Schriftverkehr sollten zukünftig von ihr allein zu bewältigen sein. Gerade als sie darüber zu verzweifeln drohte, erhielt sie Jörgs Anruf.

Ein Unbekannter, der zuhören wollte. Ein Highspeed-Doktorand von vierundzwanzig Jahren, der eine Arbeit über ihren Vater verfasste und sich zur Absicherung seines inhaltlichen Gerüsts erkundigen wollte, ob die Familie – wie von ihm im Stillen vorausgesetzt – zu kleinen, gezielten Interviews bereit sein würde. »Nicht länger als fünfzehn Minuten!«, hatte er anbiedernd hinterhergeschoben, als wenn das einen Unterschied machte. Sie erklärte ihm die Situation, erzählte von ihrer Mutter, begann zu weinen, da sie das in der letzten Zeit nie zu unterdrücken wusste, lauschte dem bedrückten Schweigen am anderen Ende der Leitung. Und es war nicht nur Verlegenheit oder die eitle Sorge um das Vorankommen seiner Doktorarbeit, die aus den hierauf folgenden, unbeholfenen Entschuldigungen sprach, mit denen dieser Jörg die Störung bedauerte. Es lag eine wirkliche Trauer darin. Es schmerzte ihn, das Wissen über den vorauszusehenden Tod der Gemahlin des von ihm so verehrten Autors fortan mit sich tragen zu müssen.

Nach diesem Gespräch war ihr mit einem Mal klar, dass dieser Mensch als Unsichtbarer ihrem Leben viel näher stand als manch guter Freund. Er wusste alles, kannte die von ihrer Mutter ein Jahr zuvor zur Veröffentlichung freigegebenen Briefe, erzählte von frühen Uni-Arbeiten, die von vorausschauenden Studenten schon zu Lebzeiten ihres Vaters verfasst worden waren, einige sogar in Abstimmung mit ihm, und zu denen sich Folgearbeiten oder Interviews über die persönlichen Erfahrungen mit dem später gefeierten Autor gesellten. All dies hatte er bereits während des Studiums in sich aufgesogen.

Es tat in ihrer damaligen Situation gut, einen so verständigen Menschen zur Seite zu haben, der ihr außerdem, vier Jahre älter als sie, eine starke Schulter bot. Jörg ließ sich gerne von ihr einladen, lauschte gebannt den stark verheulten Monologen, zu denen sie nach jedem gemeinsamen Abendessen ansetzte, war trostreich in seinem Schweigen. Darüber kamen sie sich nahe. Und einige Augenblicke lang hatte es sich gut und richtig angefühlt.

Die Sache mit Jörg hatte sich über ein Jahr hingezogen, zog sich auf gewisse Weise noch immer hin, obwohl die Beziehung unmittelbar nach Mutters Tod zu einer Belastung für sie geworden war. Irgendwann später, als die Schamfrist abgelaufen schien und sie sich zugestanden hatte, undankbar sein zu dürfen, hatte sie versucht, klare Verhältnisse zu schaffen, Aussichtsloses zu beenden.

Jörg nahm es hin und ging. Er wartete auf ihre Anrufe, die immer kamen, weil sie sich selbst überschätzt hatte. Sie bat um Verzeihung, man versöhnte sich. Es würde nicht an Jörg scheitern. Nie.

Und nun fuhr sie mit dem Wissen zu ihm, dass ihr Vater, über den Jörg so viel mehr wusste als sie selbst, ins Leben zurückgekehrt war. Sie würde Jörg nichts davon erzählen, so wie sie es Böger versprochen hatte, würde sich trotz aller Aufgewühltheit nicht dazu hinreißen lassen. Jörg war zweifelsohne die Person, bei der ihr dies am wenigsten auf der Zunge brannte.

Ich hörte. Die Art und Weise, in der ich dies tat, hatte eine neue Qualität erlangt. Wie man auch während des Schlafs fortwährend hört, aber doch erst im wachen Zustand begreift, dass dies passiert. Ich hörte. Auch wenn nicht viel zu hören war. Ein Brummen vielleicht – zu regelmäßig, um es vom Klang des Raumes zu differenzieren.

Doch es war nicht das Hören allein, was den Horizont vor mir aufriss. Es war, als würde mit einem Mal jeder Eindruck, jede Bewegung ein Zentrum erhalten, und es wäre zu lapidar, zu sagen, dass ich die Mitte von alldem bildete. Es lag etwas Bedeutenderes darin. Und diese Bedeutsamkeit schien das Außen in sich einzusaugen, über die Ohren, durch meine geschlossenen Augen, die Fingerspitzen, die über das Laken strichen, welches plötzlich ein Laken geworden war, das ich als Laken erkannte und begriff, weil es solche Laken bereits gegeben hatte in meinem Leben. Mein Leben, das schon einmal stattgefunden hatte.

2

Die Worte kamen wieder. Und mit ihnen die Gedanken: Marie. Dann das Baby, welches ich fassungslos in den Armen gehalten hatte und das mir nach der Rückkehr von einer Lesereise plötzlich schon entgegenstolpern konnte, einen Wimpernschlag später ein richtiges Kind war. Die sorgenvolle Stimme des Arztes, der eindringlich darauf hinwies, solche Ablagerungen seien für einen Mann in meinem Alter höchst bedenklich, er habe dergleichen in diesem Ausmaß bei keinem seiner Patienten je feststellen müssen. Die Nachricht vom Verlag, sämtliche Bestände von »Greifvogel« seien bereits in den Nachbestellungen der großen Händler verpufft, soeben gehe die zehnte Auflage in den Druck: »Die Leute kaufen wie verrückt!« Alles sprach auf seine Weise davon, dass ich an jenem Punkt angelangt war, an dem man beginnen sollte, sein Leben zu ändern. Das Leben aber änderte sich von selbst, ganz ohne mein Zutun oder Gegensteuern.

Es teilte mir auf dem Heimweg in der S-Bahn mit, dass es der Verbiegungen und Tritte müde sei. Und dann war da irgendein Schlag in meinen Kopf gefahren, der mein Bewusstsein zu Boden warf, in den hintersten Winkel meines Schädels schmetterte. Beim nächsten Aufatmen schien mir, als wenn ich aus kilometerweiter Entfernung durch einen engen Schlitz blickte, als wenn alles um mich verblasste, sich in ein dumpfes Ahnen verflüchtigte, das rasch von einem machtvollen Nichts ausgelöscht wurde.

Ich selbst war es, der in jenem Moment ausgelöscht worden war.

Hinter mir die Nacht. Das Mädchen gegenüber scheint bemerkt zu haben, dass ich mich selbst anschaue im Fenster der S-Bahn, die mit uns durch die Finsternis donnert. Kann sie es überhaupt bemerkt haben? Kann man feststellen, dass mein scheinbarer Blick ins Leere in Wirklichkeit nach fünfundvierzig Zentimetern endet und sich über diese fünfundvierzig Zentimeter hinweg selbst betrachtet? Lässt sich nur erahnen oder ist tatsächlich zu erkennen, dass mich das Dunkel da draußen nicht interessiert, ich meinen Blick von der Scheibe abprallen lasse und nur mich sehe, was auch immer hinter dieser Scheibe heute Abend Bemerkenswertes geboten werden mag? Meine Art, auf das Fenster zu schauen, hat dem Mädchen auf dem Sitz gegenüber jedenfalls genug Anhaltspunkte gegeben, mich als einen irgendwie seltsamen Typen abzustempeln, dessen zwischendurch immer wieder zu ihr herüberblitzende Blicke ihr unangenehm sind, was sie früher aufstehen lässt, als dies zum Verlassen der Bahn bei der nächsten Station nötig wäre.

Ich betrachte mein Spiegelbild. Ist das nun der Punkt, auf den ich mein Leben seit Jahren ausgerichtet habe? Eine innerhalb von wenigen Stunden abverkaufte Neuauflage eines Buches, das ich bereits als Fehlversuch aufgegeben hatte, welches aber von diesem zurzeit ungemein erfolgreichen Sänger und Schauspieler genannt worden war, als er in einem Interview nach dem ihn am meisten beeindruckenden literarischen Werk befragt wurde. Vermutlich musste der Kerl dem Journalisten jeden einzelnen Buchstaben meines Nachnamens diktieren. Sofern er sich denn selbst noch an ihn erinnern konnte.

Es ist nicht die Zufälligkeit dieser plötzlichen Wertschätzung, die mir eine aufrichtige Freude verleidet, es ist der Zeitpunkt. Diese späte Begünstigung kann mich nicht auf eine Weise glücklich stimmen, wie sie es getan hätte, wenn sie vor zehn Jahren erfolgt wäre, als aller Optimismus noch greifbar gewesen ist. Das alles passiert zu spät. Jeder Erfolg kann nur noch ein Erfolg sein, der sich zu der fruchtbarsten Zeit nicht ereignet hat.

Sie wagte es nicht, noch einmal zu dem Autor aufzuschauen, der sich ihr gegenüber hingesetzt hatte und nicht ahnen konnte, dass sie gerade den letzten Abschnitt seines Buches gelesen, es zugeklappt und in der Vordertasche ihres Rucksacks verstaut hatte, keine zwei Minuten bevor der Mann, der ihr drei Tage lang diese Geschichte erzählt hatte, schweigend vor ihr Platz nahm. Eine Geschichte, die ihre momentane

Befindlichkeit auf den Punkt getroffen hatte und die sie immer noch ganz einnahm mit einer Mischung aus Wehmut und Glückseligkeit, tiefergehend, außerordentlich, wie man es nur selten erlebt, so dachte sie. Ich könnte ihn darauf ansprechen, ging ihr durch den Kopf, aber sie wusste nicht, ob das Schmeichelhafte einer solchen Würdigung von dem Affront gegen die Privatsphäre des Autors überlagert worden wäre. Wenn sie ihren Kolleginnen, von denen einige ebenfalls gerade dieses Buch lasen, von der Begegnung in der S-Bahn erzählen würde, käme man schnell überein, man müsse solchen Menschen doch ihr Untertauchen in der Öffentlichkeit gönnen und dürfe sie nicht durch teenagerhafte Anmachsprüche entblößen – und dann würde allen klar sein, dass keine von ihnen den Mann jemals angesprochen hätte, dass keine unter ihnen den Schritt gewagt hätte, aus Furcht vor den neu gemischten Verhältnissen, denen sie anschließend gegenübergesessen hätte. Daher würde keine der Kolleginnen fragen: »Wieso hast du ihn denn nicht angesprochen?« – »Was hatte er denn an?« oder »War er allein unterwegs?« würde man stattdessen fragen.

Und als sie kurz vor der Einfahrt in den Bahnhof einen Blick zurück zur Sitzbank warf, wo jener Autor saß und wo auch sie eben noch gesessen hatte, sah sie, wie der Mann, nach vorne gebeugt, mit schlaffem Rückgrat in sich selbst zusammengefallen war, seltsam verkrampft.

Als die Bahn abbremste, stürzte der willenlos gewordene Körper polternd in den Raum zwischen den Sitzreihen.

»Wie, den kennen Sie nicht? Den Autor?!«

»Wann soll ich denn dazu kommen, Bücher zu lesen?«

»Nun, das sollten Sie, mein Lieber, das sollten Sie! Dafür gebe ich Ihnen gerne mal eine Woche frei …«

Schroer genoss es, seinen Untergebenen eine mangelnde Lebenserfahrung und Bildung vorzuwerfen. Der Chefarzt war auf seine alten Tage unangenehm geworden. Er ging mit seinen neuen Assistenten allzu gern hart ins Gericht, und nicht selten trieb ihn die zynische

Überheblichkeit des Alters. Ein ständiges Mäkeln, das darauf ausgerichtet war, dem nahenden Generationswechsel Steine in den Weg zu legen. Und Schroer verstand es, eine verletzende Äußerung im Raum stehen zu lassen.

Natürlich hatte Böger den Namen des Autors schon einmal gehört, aber er konnte sich nicht damit rühmen, auch nur den Titel eines seiner Bücher parat zu haben. Er bezweifelte jedoch, dass sein fortwährend im Tagesgeschäft gefangener Vorgesetzter in den letzten Monaten je die Ruhe hatte finden können, seine Feierabendstunden mit dem Lesen eines Buches zu verbringen. Selten genug, dass diese von wichtigen Nachfragen, unaufschiebbaren Besprechungen oder wirklichen Notfalleinsätzen unbeschadet blieben. Reine Eitelkeit, die Kenntnis von irgendwelcher Belletristik als eine Selbstverständlichkeit zu deklarieren, die man auch von jedem seiner Mitarbeiter erwartete, der ein Mindestmaß an Bildung vorzuweisen glaubte. »Ärgerlich«, dachte Böger, tatsächlich verletzt, und zog sich in den Pausenraum der Station zurück. Er hätte gerne zum Gegenschlag ausgeholt und Schroer erklärt, dass ein junger Vater nun wirklich andere Probleme habe, zumal als Assistenzarzt von Schroers Gnaden, welcher ja seine altersbedingte Gebrechlichkeit und den Fakt, auf einen Rollstuhl angewiesen zu sein, partout nicht zum Anlass nehmen wollte, die Leitung seiner Projekte einem jüngeren Kollegen zu übertragen, sondern stillschweigend voraussetzte, seine beiden Assistenten würden schon alle körperlich fordernden Handgriffe für ihn ausführen. Und hatte Böger nicht laut genug geklagt über die Querelen des Umzugs von Stuttgart hierher, über den seine Beziehung zu Marlies beinahe in die Brüche gegangen wäre, dass sie fast vierzehn Tage lang immer wieder ohne Strom in der kleinen Wohnung gehockt hatten, mit einem Säugling. Aber er ahnte, der alte Schroer hätte ihm lediglich entgegnet: »Ein Buch, Böger. Wir sprechen hier nur von einem Buch. Sie können doch lesen?« – »Ärgerlich«, dachte Böger wieder, »höchst ärgerlich.«

In diesem Moment betrat Kruschke, der zweite Assistenzarzt, den

Pausenraum, wie durch schwingende Salontüren, mit anmaßender Lässigkeit und ungenierter Zurschaustellung beruflicher Routine. Lächerlich, in Anbetracht der wenigen Wochen, die man nun unter Schroer gemeinsam arbeitete, aber vielleicht dennoch der effektivere Weg, sich den Sticheleien des Chefarztes entgegenzustellen. Der Kollege ließ sich genüsslich am anderen Ende des Tisches nieder und strahlte Böger erwartungsvoll an. Offensichtlich wollte er nicht mit dem Stand der Dinge auf der Intensivstation herauszurücken, ohne dass Böger eine entsprechende Nachfrage gestellt hätte.

»Und? Wie sieht es aus?«, fragte er also.

Sein Gegenüber schüttelte den Kopf: »Das wird nichts mehr, wenn du mich fragst!«

»Keine Chance?«

»Sollte der Patient es sich noch überlegen – ich würde es ihm nicht verbieten wollen, aber …«, Kruschke verstieg sich immer mehr in seinen selbstgefälligen Tonfall, war aber besonnen genug, wieder zurückzurudern: »Ganz ehrlich: Nein. Keine Chance.«

»Dann sollten wir jetzt seine Frau zu ihm kommen lassen, was meinst du?«

»Ja, werde ich veranlassen!«

Der Kollege machte sich betriebsam zur Tür auf.

»Er ist Schriftsteller, wusstest du …?!«, rief Böger ihm hinterher.

»Danke für den Tipp! Wäre ich nicht drauf gekommen …«

Kruschke beeilte sich, sein hämisches Grinsen schleunigst zu einem versöhnlichen Lächeln zu zähmen. Für Böger war dieser Tag so oder so nicht mehr zu retten.

»Wir erwarten jederzeit die Lieferung, aber der Verlag kommt anscheinend gerade nicht nach. Ist ja auch ein tolles Buch! Darf ich Sie denn vielleicht schon mal vormerken?« – »Bitte.« – »Wir hoffen, dass es jetzt schneller mit den Nachlieferungen klappt – ist wirklich sehr gefragt, momentan, das Buch. Darauf muss sich so ein kleinerer Verlag ja auch erst einstellen.« – »Wem sagen Sie das«, antwortete Böger. Etwas kryptisch. Aber er dachte daran, was erst geschehen sollte, wenn bekannt würde, dass der Autor dieses Buches vor wenigen Stunden für klinisch tot erklärt worden war. Wie viele zusätzliche Interessenten es geben würde, die von der Todesnachricht alarmiert in die Läden strömten.

Mit einem stolzen Lächeln notierte die Buchhändlerin Bögers Telefonnummer und Name. Die Beliebtheit eines Buches, welche dessen mechanische Bereitstellung aktuell um etliche Anfragen überstieg, war ihr augenscheinlich eine große Genugtuung, die als motivierende Sinndimension ihrer Tätigkeit zu taugen schien. »Wir rufen Sie dann an, sobald das Buch da ist! Ich sage aber mal: Drei, vier Tage kann's wohl dauern …«

Was wusste sie schon.

»Wir möchten Ihnen vorab versichern, dass Sie – wie auch immer Sie sich jetzt entscheiden – von uns nicht auf Ihre Entscheidung festgenagelt werden. Nichts läge uns ferner, als diese für Sie so schwierige Situation auszunutzen, um Sie zu überrumpeln und Ihnen einen übereilten Entschluss zu entlocken«, Schroer lehnte sich zurück. Dabei durchzuckte ihn irgendein Schmerz, der seine Mimik für einen Augenblick verzerrte. »Dass Sie sich überhaupt bereit erklärt haben, dieses Gespräch mit uns zu führen, dafür haben wir ohne Frage den größten Respekt, und auch wenn wir von medizinischer Seite eine Perspektive sehen, soll Sie nichts zu einer Entscheidung drängen, die Ihnen – aus welchen Gründen auch immer – nicht behagen könnte. Es geht hier nur um Sie, Ihren Mann, Ihre Trauer und wie diese in Zukunft in Ihrem Leben einzuordnen ist.«

Der Rollstuhl des Arztes wurde von der Tischplatte im Verborgenen gehalten, so dass ein uneingeweihter Gesprächspartner sich allenfalls über Schroers gezügelte Bewegungen wundern konnte. Sie aber hatte das neugierig gemacht, und auf der Suche nach Gründen hatte sie einen ausscherenden Blick über den Schreibtisch gewagt.

»Wir sind hier, um Ihnen zu erklären und zu verdeutlichen, was in diesem Fall medizinisch möglich ist beziehungsweise in einem überschaubaren Zeitfenster möglich sein wird. Die Begleitumstände im Fall Ihres Gatten sind mehr als vielversprechend – so tragisch sein Tod natürlich ist. Aber die organischen Schäden sind minimal, und es ist eine wahre Schande, dass die Medizin so knapp davor steht, Ihren Mann schon jetzt ins Leben zurückzuholen. Aber so nah wir diesem Punkt auch sein mögen – gegenwärtig vermögen wir nichts auszurichten.

Wie so viele Gebrechen und Krankheiten im Laufe der Geschichte vom Todesurteil zur schnellkurierten Lappalie wurden, stehen wir auch hier an einer historischen Schwelle. Wir können nichts garantieren, wir können auch keine Termine nennen, wir wissen aber, dass nach aktuellem Stand der Forschung die Lebensfunktionen in Fällen wie dem Ihres Gatten grundsätzlich wieder herstellbar sind – und dass dies in nicht allzu ferner Zukunft auch praktisch möglich sein wird. Und wir wissen, dass wir den Körper Ihres Mannes bis zu diesem Zeitpunkt für den entsprechenden Eingriff vorbereiten und bewahren können.«

»Bewahren – das bedeutet was?«

»Wir sprechen hier von einer Art Einfrieren – nein, erschrecken Sie jetzt nicht! Es mag barbarisch klingen, zugegeben, aber man muss es sich als einen durch Kälte gestützten Tiefschlaf vorstellen, bei dem die Stoffwechselprozesse auf ein Minimum zurückgefahren werden – gerade so, dass die Körpersubstanz keine weiteren Schädigungen erleidet. Ein komplexer Prozess des Ausbalancierens, aber mittels einer kontrollierten Absenkung der Körpertemperatur ist es uns möglich, die Lebensdisposition eines Patienten zu erhalten. Wir können – sofern Sie sich dazu bereit fühlen – gerne gemeinsam einen Blick in einen solchen Raum werfen. Sie werden sehen, es ist ein würdevoller Platz, der alles andere als erschreckend wirkt.

Und es gibt keine Entscheidung, die Sie nicht zurücknehmen könnten. Mit Ausnahme der Entscheidung, den Körper Ihres Mannes jetzt zum Ableben und damit zur Bestattung freizugeben. Aber Sie verstehen, es wäre unverantwortlich von uns, Ihnen nicht die Perspektive aufzuzeigen, die de facto besteht. Selbstverständlich entstehen hier keine zu irgendeinem Zeitpunkt von Ihnen zu tragenden Kosten. Aber das Finanzielle sollte nun wirklich keinen Einfluss auf Ihre Entscheidung haben.«

Der alte Mann beobachtete mit eindringlichem Blick, wie sie sich die Tränen aus dem Gesicht wischte und in das von ihm angebotene Taschentuch schnäuzte.

«Gönnen Sie sich ruhig etwas Zeit für Ihre Entscheidung!«, riet er fadenscheinig, in seinen Rollstuhl gekauert, mit unerbittlicher Ruhe.

Dieses Mädchen, das sich zu mir herunterbeugt, sorgenvoll, nein, panisch auf mich einredet. Stumm, weil alle Laute in ein dumpfes Dröhnen eingebettet werden. Ein Flirren mogelt sich in mein Sichtfeld, verzerrt alle Silhouetten, die Frequenz der Störungen erhöht sich, bis das Mädchen nur noch eine erinnerte Kontur ist und sich im dunkler werdenden Grau zu völliger Stille auflöst. Erst jetzt besinne ich mich meiner Arme und Beine, meines Körpers, und versuche ihn wieder aufzurichten. Versuche es noch einmal, obwohl ich bereits ahne, dass es keiner weiteren Versuche bedarf. Ich werde diesem Körper als Befehlshaber verloren gehen. Es ist plötzlich alles klar, wo ich immer Rätsel vermutet hatte.

Ich sah stoisch zum Fenster hinaus, um die übrigen Fahrgäste nicht unnötig in Verlegenheit zu bringen. Seit dem Gespräch in der Klinik hatte ich meine Tränen nicht mehr unter Kontrolle. Wohin sich mein Blick auch wandte, immer blieb mir sein Foto vor Augen. Das Bild meines Mannes, das in diesem Moment in tausendfacher Vervielfältigung im Besitz fremder Menschen war, die ihr frisch erstandenes Exemplar von »Greifvogel« mit einem Lesezeichen versehen oder aufgeschlagen auf Nachtkonsolen oder Anrichten abgelegt hatten oder in diesem Moment darin lasen. Sie werden in Kürze dieses Bild nochmals anschauen, im Buch oder in Zeitungen, diesmal mit dem Gedanken: »Er war doch noch gar nicht so alt«. Oder: »Nun nützt ihm der Ruhm auch nichts mehr.« Ein Toter.

Heitmann, sein Verleger, hatte geraten, ich solle nichts übereilen, er würde die Todesmeldung jedenfalls erst über die Presseverteiler schicken, wenn ich ihm dies auftragen würde. Ich musste lächeln über seine großmütigen Anstalten, wusste: Eine neue Auflage befand sich im Druck, dürfte aber nicht vor Freitag zur Auslieferung bereitstehen. Würde ihn seine Pietät nicht bremsen, hätte Heitmann mir sicherlich allzu gerne ausdrücklich verboten, vor Freitag irgendein Wort über den Tod seines Autors zu verlieren. Vielleicht war es aber auch unfair, ihm Derartiges vorzuwerfen, denn vermutlich wäre es genau das gewesen, was auch sein Autor gewollt hätte. Den größtmöglichen Erfolg der Bücher. Ein Toter. Mein Mann.

Aber konnte ich nach dem Gespräch mit den Ärzten sein Bild noch mit der Unwiederbringlichkeit des Todes in Verbindung bringen? Hinter der Gewissheit stand nun ein Fragezeichen. Stand es mir zu, es durch einen Punkt zu ersetzen? Ihm zuliebe?

Es war bereits zu spät. Das Fragezeichen würde sich nicht wieder wegdenken lassen, es würde immer zurückkommen. Mit jedem Blick auf sein Bild, das unendlich oft reproduziert in der Welt herumlag.

»Auch für mich als Arzt schließt sich hier nun ein Kreis – wenngleich viel später, als wir damals gedacht haben. Ich war quasi von Anfang an, damals noch als Assistenzarzt, mit dem Fall Ihres Vaters befasst, war auch dabei, als der damalige Chefarzt Dr. Schroer das Gespräch mit Ihrer Mutter führte. Es wäre tröstlich, wenn gerade Ihre Mutter nun Anteil nehmen könnte an dem, was ja erst durch ihre mutige Entscheidung in die Wege geleitet werden konnte. Das Schicksal zeigt sich aber leider oftmals unerbittlich, und so sitzen wir beide sozusagen als Erben dieses Vorhabens hier. Jetzt, da die Wiederbelebung Ihres Vaters in die entscheidende Phase geht. Ich möchte Ihnen zusichern, dass Sie in mir stets einen Zuhörer finden werden, wenn Sie sich von der Situation und den Aussichten erdrückt oder hilflos fühlen. Zögern Sie nicht, Ihre Fragen zu stellen, denn die Rekonvaleszenz Ihres Vaters wird zunächst schleppend, dann aber mit rasanten Entwicklungsschritten vor sich gehen. Wir sprechen hier von einem Zeitraum von knapp zwei Monaten, in dem – so sich unsere Prognosen bewahrheiten – Ihr Vater volles Bewusstsein und Sprachvermögen, im günstigsten Fall seine uneingeschränkte Bewegungsfähigkeit wiedererlangen könnte. Es dürfte mitunter schwer fallen, sich auf diese Entwicklungen sowie die mit ihnen verbundenen Anforderungen vorzubereiten, und es ist natürlich alles andere als leicht, die Situation als solche anzunehmen. Leider können wir nach wie vor nicht vollends abschätzen, in welchem Rahmen wir mit Komplikationen zu rechnen haben, aber es liegen sehr optimistisch stimmende Untersuchungsergebnisse vor, die uns erlauben, einige der üblichen Komplikationen bei Wiederbelebungen bereits auszuschließen. Wie auch immer sich die Dinge entwickeln werden – ich möchte Sie weiterhin darum bitten, Stillschweigen über diese Angelegenheit zu bewahren und sich mit Ihren Sorgen ausschließlich an mich zu wenden, so naheliegend es auch erscheinen mag, das Gespräch mit Freunden zu suchen. Wir müssen verhindern, dass unser Projekt vom Druck der Medien behindert wird, und – das darf man wohl sagen – selbst die beste Freundin wird einer solchen Ausnahmesituation ratlos gegenüberstehen. Je kleiner der Kreis der über den Fall Ihres Vaters informierten Personen bleibt, desto besser für uns alle. Ich werde rund um die Uhr ein offenes Ohr für Sie haben – und von diesem Angebot dürfen Sie, wie gesagt, ohne Scheu Gebrauch machen. Und das sage ich nicht bloß aus der Position des zuständigen Arztes – über die zurückliegenden siebzehn Jahre habe ich eine gewisse Verbindung zu Ihrer Familie aufgebaut, nicht zuletzt durch die Lektüre der Bücher Ihres Vaters, und ich würde mich glücklich schätzen, Ihnen in den vor uns liegenden Wochen etwas von der Unterstützung bieten zu können, die Ihnen durch den Tod Ihrer Mutter genommen wurde.«

»Hallo Marlies … Ja, nun, ich würde dich nicht in deinem Urlaub anrufen, wenn es nichts Wichtiges gäbe. Es ist in der Tat etwas passiert … Tut mir leid, ich weiß wirklich nicht, wie ich es dir sagen soll: Die Schule hat vor zwei Tagen bei mir angerufen, Timo ist tot. Ja. Wieder Tabletten, aber diesmal gab es keine Chance, ihn … Vor zwei Tagen, ich habe gleich angerufen, du warst … Ich weiß. Das Hotel hat mir gesagt, dass man dich dort nicht erreichen kann … Ja, ist es, aber das lässt sich ja nun mal nicht mehr ändern … Vor zwei Tagen, genau. Am Tag vorher war er noch in der Sitzung bei Dr. Beierle und abends mit seiner Lerngruppe … Ja, alles war gut. Er soll ganz ausgeglichen gewesen sein, fröhlicher als sonst … Natürlich, aber das lässt sich hinterher leicht sagen. Wir können den Jungs keine Vorwürfe machen, die haben sich nun wirklich immer um ihn … Eben. Bitte …? Nun ja, du kannst dir vorstellen, das ist alles nicht gerade einfach … Ich bin bei Bernd untergekommen für die Zeit… Vergiss es – wichtig ist, dass du dich jetzt um deinen Rückflug kümmerst. Die vom Hotel haben sich bereits erkundigt, ich weiß aber nicht, ob sie schon etwas erreichen konnten. Es wird besser sein, du versuchst es gleich morgen früh persönlich am Flughafen. Die Beerdigung soll am Samstag um Viertel nach elf auf dem Marien … Das geht immer so schnell … Nein, darum kümmert sich das Institut, ich hätte nicht die Kraft, da selbst … Ja, ich habe dir das alles aufgeschrieben – an der Rezeption haben sie die Mail für dich ausgedruckt. Ich hatte sie gebeten, zunächst das Telefonat durchzustellen, um dich nicht völlig … Ja, es ist auch so schlimm genug, natürlich. Es gibt da übrigens einen Abschiedsbrief … Ja, hat er. Ich habe ihn mitgeschickt – du solltest ihn lieber erst lesen, wenn du jemanden um dich hast. Überhaupt solltest du jetzt nicht allein auf deinem Zimmer bleiben … Nein, Bernd hat den Brief eingescannt, er kümmert sich um so vieles, ich weiß gar nicht … Ja, natürlich, ich soll dir auch seine Anteilnahme ausrichten … Gut, natürlich. Aber ruf mich jederzeit an, wenn dir danach ist. Und wenn du weißt, ob das mit deinem Flug klappt … Nun ja, vergiss die Zeitumstellung, meinst du, ich könnte schlafen!?«

3

»Es ist seltsam, hier an seinem Bett zu stehen. Er wirkt … fremd.«

Sie sah Böger hilfesuchend an.

»Nun, das Vertraute wird zurückkommen, sobald er wieder bei vollem Bewusstsein ist.«

»Kann er uns …?«

Böger legte ihr den Arm um die Schultern als Zeichen, dass es an der Zeit war, das Behandlungszimmer wieder zu verlassen.

»Es lässt sich schwer einschätzen, was er zurzeit in welcher Weise wahrnimmt. Sein Gehirn jedenfalls arbeitet seit gestern auf Hochtouren, das können wir beobachten.«

»Er lässt es sich nicht anmerken.«

»Es mag nach all den Versprechungen ernüchternd auf Sie wirken, Ihren Vater so zu sehen – ohne sichtbare Zeichen, dass sich an seinem Zustand irgendetwas geändert hat. Rein medizinisch ist der Wandel aber exorbitant und eindeutig: Er lebt.«

Sie schaute sich mit einem stummen Nicken im Raum um.

»Diese Apparate …?«

»Werden ihn noch eine Weile begleiten müssen – Sie werden sie aber in Kürze schon gar nicht mehr wahrnehmen.«

Sie nickte – und erstarrte plötzlich. Sie sah zu Böger, um sich zu vergewissern, dass auch er Zeuge dieses Sehnenzuckens auf dem Handrücken gewesen war.

»Er hat …?«

»Seine Hände und sein Gesicht sind mittlerweile reaktiviert worden und wieder bewegungsfähig. Er kann greifen, blinzeln, den Mund öffnen – zudem dürfen wir aufgrund bisheriger Tests annehmen, dass Ihr Vater zu einem gewissen Grad wieder riecht, hört und schmeckt. Außerdem vermag er zwischen hell und dunkel zu unterscheiden. Wir wollen die nächsten Schritte aber ganz kontrolliert und behutsam angehen, damit der immens geschwächte Körper nicht unnötig unter

Stress gerät. Jede Bewegung und Sinneswahrnehmung sind neue Erfahrungen für unseren Patienten, die von ihm verarbeitet werden müssen und insofern immer auch eine Anstrengung bedeuten. Es drängt seinen Geist allerdings ganz offensichtlich nach neuen Reizen. In den Wachphasen öffnet er bisweilen mehrere Stunden die Augen und verfolgt die von ihm erfassbaren Lichtquellen.«

»Ich möchte jetzt lieber wieder …«, wehrte sie weitere Ausführungen ab und griff nach dem eben noch ausgeschlagenen Arm des Arztes.

»Aber sicher, gehen wir! Für den ersten Tag sollte es auch genug sein. Selbst für uns ist es mitunter schwer fassbar, was sich hier ereignet hat. Man muss sich an derlei Dinge tatsächlich erst nach und nach gewöhnen, um sie für sich akzeptieren zu können.«

Sie dachte an gestern Abend und daran, wie Jörg seltsamerweise wieder von ihrem Vater zu sprechen begonnen hatte, das erste Mal seit Wochen. Davon, dass er am Vormittag in dessen unvollendetem Roman gelesen und dabei eine neue Sichtweise gewonnen habe, nun zu wissen glaube, wie bestimmte Passagen gemeint und im ungeschriebenen Verlauf des Romans weiterzudenken wären. Sie war Jörgs Theorien verständnislos gefolgt, hatte immer nur gedacht: »Am besten fragst du ihn einfach selbst!«

Sie alle taumelten in einen Wahnsinn, der bereits Realität geworden war. Zumindest medizinisch. Hinter der sich nun wieder schließenden Tür, in dem soeben verlassenen Behandlungszimmer.

4

Als ich erwachte, herrschte eine andere Form von Helligkeit. Farbe. Ein Begriff, der längst wieder in meinem Hinterkopf dämmerte, in Träumen realisiert, und der doch jetzt erst seine wirkliche Bedeutung zurückerlangte. Der schwarze Schatten über mir, den ich als Anhaltspunkt zu schätzen gelernt hatte, mich zu entscheiden, ob ich die Augen geöffnet oder geschlossen hatte, ließ sich plötzlich greifen, als wären meine Blicke mit einem Mal um einen halben Meter aus mir hervorzuschnellen in der Lage, und gewann Kontur. Verwirrend scharf schnitt eine gerade Linie den Schatten, trennte Dunkel von Hell, traf sich mit anderen Linien zu einem Rechteck, das von einem Gitter kleiner Quadrate unterteilt wurde, unter dem eine hellere Lichtquelle leuchtete, heller als zuvor. Ich schloss die Augen und spürte, wie das unter dem Lid gespeicherte Licht fortfuhr, mich zu blenden. Weißgold.

Und es blieb dabei. Das Licht. Die Farbe. Die Umrisse. Es lag etwas Faszinierendes darin, obwohl all dies nur eine wieder aufgetaute Empfindung war, an die ich mich sehr wohl als etwas ganz Profanes erinnerte.

Ich starrte vor mich hin, ohne der Betriebsamkeit um mich herum Beachtung zu schenken, die lärmend vor sich her raschelte, die Luft und Schatten bewegte, bis sich der Kopf eines Mannes zwischen mich und den Schein der Lampe schob. Meine Augen tränten bei dem Versuch, den Schemen des Gesichts über mir Konturen zu geben, und ich war immer noch wie geblendet von dessen Unschärfe, als der Mann zu mir sprach:

»Erschrecken Sie nicht, es ist alles in Ordnung! Sie befinden sich in einem Krankenhaus. Mein Name ist Dr. Böger, ich bin Ihr behandelnder Arzt. Sie haben einen Gehirnschlag erlitten und waren in der Folge eine Zeit ohne Bewusstsein, aber nun wird sich alles wieder rasch zum Guten wenden! Wir möchten Sie für den Moment jedoch noch etwas im Bett behalten. Sie müssen übrigens nicht fürchten, gelähmt zu sein – Ihr Körper wurde ruhig gestellt, um ihm und Ihnen eine schnellstmögliche Erholung zu garantieren. Alles kehrt wieder zurück, vertrauen Sie mir. Gönnen Sie sich jetzt etwas Zeit und Ruhe. Nach einer solchen Phase der Bewusstlosigkeit neigt man mitunter dazu, sich orientierungslos zu fühlen, aber auch das ist kein Grund zur Beunruhigung. Sie haben nichts mehr zu befürchten und können darauf vertrauen, dass wir alles im Griff haben. Fühlen Sie sich ansonsten körperlich wohl?«

Ich versuchte, die Luft an meiner Zunge auf eine Weise vorbeizupressen, dass die Turbulenzen einen bejahenden Ton ergeben würden, doch obwohl mir die hierzu nötigen Bewegungen weitgehend gelangen, blieb ich stumm. Und hatte in dieser Lautlosigkeit dem Mann über mir dennoch ein Signal gegeben.

»Sie haben also keinerlei Schmerzen?!«

Das gleiche Spiel begann. Ja, keine Schmerzen.

»Sehr gut, dann lasse ich Sie jetzt alleine. Die Schwester wird bei Ihnen bleiben und ein Auge darauf haben, dass sich alles weiterhin so gut entwickelt wie bisher! Wir sehen uns dann heute Mittag noch einmal zur Visite.«

Ich war wie erstarrt. Eine unangenehme Kälte machte sich in mir breit. Erst die Worte des Arztes hatten den Anstoß gegeben, mir Gedanken über meinen Zustand zu machen, und es war so etwas wie Angst, was sich mit einem Mal in meinen Kopf gekrallt hatte. Was war mit mir geschehen? Und wie lange hatte ich hier gelegen?

Ich erinnerte mich an Bilder: meine Eltern, der Bruder, Geburtstagsfeiern im Garten meiner Großmutter, das Meer, Lesungen vor großem Publikum, Lesungen vor erniedrigend kleinem Publikum, Marie, immer wieder Szenen mit Marie, Urlaube, die zwei Zimmer der ersten gemeinsamen Wohnung, andere Wohnungen mit immer mehr Zimmern, das Kind und die S-Bahn. Doch all dies war nicht in ein einheitliches Bild zu bringen und in keinen Zusammenhang mit mir. So, als wäre ich bei all diesen Ereignissen nicht dabei gewesen.

In diesem Moment beugte sich ein anderes Gesicht in meinen Blick. Eine Frau, jung, dunkelhaarig, lächelnd. »Guten Morgen, Herr Schelling. Mein Name ist Eva – ich kümmere mich in den nächsten Tagen ein wenig um Sie, damit wir Sie schnellstmöglich wieder auf die Beine bekommen, nicht wahr. Es ist mir eine ganz besondere Ehre, Sie müssen wissen: Ich habe alle Ihre Bücher gelesen!«

Richtig. Ich war der Mann, der die Bücher geschrieben hatte.

Sie hatte die Blumen in eine Vase gestellt. Vaters Blumen. Man konnte sie mittlerweile überall kaufen, seit die Leute in Blumensträußen die Wiesen ihrer Kindheit blühen sehen wollten. Vermutlich war es nicht ganz dieselbe Sorte, mit Sicherheit so gezüchtet, dass die Pflanzen nicht ihrer kurzen Stiele wegen zwischen den anderen Blumen untergingen. Sie hatte die Wiesenblumen von damals jedenfalls kleinwüchsiger in Erinnerung. Aber ansonsten waren es Vaters Blumen. So, wie sie damals auf dem Bücherregal gestanden hatten. Kritisch beäugte sie das neue Arrangement auf der Fensterbank ihres Apartments. Die Vase war ein Geschenk von Bea und eigentlich zu poppig. Zu bunt, das Bild würdig zu vervollkommnen.

Böger hatte sie für heute Mittag in die Klinik bestellt, um ihren Vater nochmals zu sehen. Die Fortschritte, die er seit gestern gemacht hatte. Sie war dort gewesen, hatte durch die Tür auf das Bett geschaut, es dieses Mal aber nicht gewagt, das Zimmer zu betreten. Völlig in Ordnung, das sei völlig in Ordnung, hatte sie dieser Kruschke bestätigt, der die ganze Zeit hinter ihr gewartet und im Gegensatz zu Böger erkannt hatte, dass sie keinen weiteren Schritt gehen würde. Kruschke hatte seine Hand auf ihre Schulter gelegt, was sie unter allen anderen Umständen als höchst unangenehm empfunden hätte, hier jedoch als Versuch der Beruhigung in Ordnung ging. Völlig in Ordnung. Für einen Moment meinte sie zu ersticken, als sie – selbst auf diese Distanz – beobachten konnte, wie in den matten Augen eine Bewegung aufblitzte. Ein Zeichen, dass tatsächlich wahr geworden war, wovon Böger die letzten Monate gesprochen hatte, was er ihr immer wieder zu verdeutlichen versucht hatte. Doch nun, als die Augäpfel ihres Vaters zunächst unentwegt vor sich hin zuckten, dabei auch zur Tür und somit auf sie zielten, verharrten, da wusste sie, dass sie nicht im Geringsten vorbereitet war, dass der Sprung von den vorbereitenden Gesprächen zu dem, was sie nun sah, nicht zu nehmen war. Nicht von ihr.

Verständnislos scannte Böger die während der zurückliegenden Nacht erfassten Daten. Wie konnte es möglich sein, dass das hier die einzige Reaktion war, mit der ein siebzehn Jahre lang konservierter Körper auf seine Wiederbelebung antwortete? Böger hielt es mittlerweile für wahrscheinlicher, die verwendeten Geräte seien nicht in der Weise zu justieren, als dass sie die Impulse im Körper eines Wiederbelebten korrekt einfangen könnten. Diese bislang verschlossene Tür zum Leben mochte in Bereiche führen, die gänzlich andere Herangehensweisen und Messmethoden erforderten.

Kritisch beobachtete Böger, wie die Schwester beim Richten des Bettes einen ausschweifenden Monolog anstimmte und mit ihrem Geschwafel den hilflosen Patienten zu unterhalten versuchte. War nicht gerade diese Schwester auserwählt worden, weil sie keine dieser ständig im Redefluss begriffenen Dumpfbacken war?! Eine die zupackte und der die Bedeutsamkeit ihres Tuns trotz aller Routine stets gegenwärtig war?

Nun, sicherlich war dies selbst für die erfahrensten Kräfte eine Situation, bei der man ins Trudeln geraten konnte. Eine Warnung an ihn, nicht zu viele Aufgaben aus der Hand zu geben.

Böger betrachtete die Wellen und Kurven, die momentan auf den Bildschirmen wiedergegeben wurden. Auch hier: kaum vernehmbare Ausschläge. Die bislang über die Sinnesorgane einströmenden Eindrücke mussten jedoch eine ungeheure Herausforderung für den Patienten bedeuten. Mal abgesehen von dem immer noch nicht enden wollenden Redeschwall, unter dem die Schwester ihre nunmehr letzten Handgriffe vollzog.

Mit einer geflöteten Abschiedsformel und dem Bettzeug in den Armen verließ sie den Raum und schob sich an der sichtlich überforderten Tochter des Patienten vorbei, die noch immer im Türrahmen kauerte, vom besorgt dreinschauenden Kruschke eskortiert. Böger lächelte. Was für ein Pärchen!

Als Kruschke sein Büro betrat, wurde er dort bereits von Böger erwartet, der seine Unterlagen mit einer Selbstverständlichkeit auf dem Schreibtisch ausgebreitet hatte, die Kruschke kurz zweifeln ließ, in wessen Büro er sich gerade befand.

»So, habe das Fräulein dann wohlbehalten und bester Dinge einem Taxifahrer anvertraut! Schien sie heute doch etwas stärker zu beeindrucken, ihren Vater da liegen zu sehen ...«

»Ja, besten Dank, dass du das übernommen hast! Ich bin heute ein wenig neben der Spur ... Wenn ich ehrlich sein soll: Mich beunruhigen die Daten, die wir in den letzten Stunden von unserem Patienten gesammelt haben.«

»Er scheint ohne Probleme die zusätzlichen Reize zu verarbeiten. Keine nennenswerte Veränderung, seit wir die Schleusen ein Stückchen weiter geöffnet haben.«

»Was mir völlig unbegreiflich ist!«

»Nun, die Messdaten zeigen zumindest keinerlei ...«

»Ja, und das ist es, was mir Sorgen macht«, fuhr Böger dem Kollegen ins Wort. »Ich frage mich: Was messen wir da eigentlich?!«

»Verstehe deine Frage nicht ganz ...?«

Böger bemerkte, wie Kruschke einem direkten Augenkontakt auswich. Er verstand sehr wohl.

»Wir müssen überdenken, ob das, was wir hier auswerten, überhaupt den Vorgängen im Patienten entspricht! Ob wir für diese außerordentlichen Phänomene über die angemessenen Instrumente verfügen.«

»Du willst damit sagen, dass uns gerade das Ergebnis, keine Auffälligkeiten feststellen zu können, beunruhigen sollte?! Das ist doch absurd!«

»Wir können in der gegebenen Situation einfach nicht davon ausgehen, dass beim Patienten keine Auffälligkeiten zu verzeichnen sind! Wir reden hier von der Wiederbelebung eines siebzehn Jahre stillgelegten Körpers!«

»Gut. Aber wir sollten uns auch nicht dagegen sperren, dass seine

Genesung augenscheinlich besser verläuft als wir prognostiziert hatten.«

»Wir müssen die Sache beobachten und in Alarmbereitschaft bleiben. Ich sage dir: Die Daten gaukeln uns eine Sicherheit vor, auf die wir nicht bauen dürfen!«

»Also, dann lass uns beobachten …!«

Böger entging keineswegs, wie seine Einwände vom Tonfall Kruschkes der Lächerlichkeit preisgegeben wurden. Aber es war jetzt nicht der Zeitpunkt, auf diese Provokationen einzugehen und ihnen hierdurch ein größeres Gewicht beizumessen. »Genau. Wir werden nichts überstürzen.«

»Dass wir nicht im Begriff sind, etwas zu überstürzen, steht außer Zweifel! Aber du solltest dich auch mal mit der Frage beschäftigen, ob wir nicht langsam in Verdacht geraten, die Sache künstlich auszubremsen. Ich bin nicht der Einzige, der allmählich diesen Eindruck bekommt.«

Nun war es also raus. Böger sah Kruschke scharf an, der sich bemühte, unter dieser Musterung Haltung zu bewahren.

»Na, herzlichen Dank! Noch aber leite ich diesen Fall, sofern ich mich nicht täusche. Und jetzt entschuldige mich bitte, ich möchte vor unserem Meeting noch in die Kantine. Bewahr' dir deine Argumente für später auf!«

Böger vermied es, die Bürotür hinter sich mit der Vehemenz zu schließen, die seiner aufgebrachten Stimmung entsprochen hätte.

Kruschke öffnete das Fenster. Die Luft draußen schien eine ganz andere Konsistenz zu haben als in seinem erst in diesem Kontrast muffig empfundenen Büro. Auf dem Klinikparkplatz drehten zwei Wagen ihre Runden, auf der Suche nach einer freien Lücke. Der weiße Wagen würde früher Erfolg haben. Von hier oben waren die Handvoll frei gebliebener Stellplätze leicht auszumachen.

Das bevorstehende Meeting würde zur Arena eines offenen Machtkampfes zwischen Böger und ihm. Er spürte, dass der Vorteil auf seiner Seite lag. Gleichzeitig war es ihm unangenehm, Zeuge zu sein, wie Böger der Fall zu entgleiten drohte. Sie hatten diese Abteilung über zu viele Jahre gemeinsam betreut und aufgebaut, um sich nun genussvoll zu duellieren. Trotzdem musste eine Entscheidung her, gerade weil sie so kurz vor der Verwirklichung eines Zieles standen, über das sie sich vereint gefühlt hatten, das sie aber nicht gemeinsam würden erreichen können und das sie jener Gemeinsamkeit wegen auch nicht mehr opfern wollten. Hier trennten sich ihre Wege.

Und Kruschke musste nicht einmal auf Stimmenfang gehen. Im Team schwand das Verständnis für Bögers zögerliche Linie, weil jedem immer klarer wurde, dass hier eine künstliche Barriere instand gehalten wurde, die die Mitarbeiter auf unbestimmte Zeit vom Erfolg des Projekts trennte. Das Kopfschütteln hatte zugenommen, der noch nicht geäußerte Protest sammelte sich. Für ihn, Kruschke, mochte sich bislang niemand aufrichtig begeistern, man hielt ihn menschlich für wenig akzeptabel, das wusste er. Und das tat nach wie vor weh, auch wenn er sich angewöhnt hatte, solche Dinge auszublenden. Aber manch einer mochte sich bereits eingestanden haben, Kruschke könne am Ende das kleinere Übel für die Projektleitung sein – und letztlich war es Böger allein, der beharrlich daran arbeitete, dass aus solchen Ahnungen allgemeine Überzeugungen wurden. Hier trennten sich ihre Wege. Kruschke schloss das Fenster.

Wie ein Baby hatte ich vor mich hin gebrabbelt. Geschlafen. Gebrabbelt. Zwischendurch hatte Eva, eine der Schwestern, etwas zu meiner Ermunterung in den Raum gesäuselt, vielleicht hatte sie gesagt: »Sehr gut machen Sie das!« Mir war nicht nach Bedeutenderem, solange mein Körper derartig geschwächt war. Die Folgen von Brabbeln und anschließendem Lob schienen mir ausreichend, den Tag zu strukturieren. Dazwischen schlief ich.

Erst jetzt nahmen die von mir fabrizierten Geräusche jene Form an, die ich beabsichtigt hatte, waren zu Tönen geworden. Und doch war es mir peinlich, als ich bemerkte, dass die Person, die gerade den Raum betreten hatte, eine andere Schwester war. Sie richtete kurz das Kissen unter meinem Kopf, lächelte mich an, stellte sich aber nicht vor, wie es die anderen Schwestern immer getan hatten. Ich schlief ein. Später wusste ich nicht zu sagen, ob die fremde Schwester den Raum bereits verlassen hatte oder vielleicht noch irgendwo neben meinem Bett stand und mich beobachtete. Ich lauschte und entschied mich schließlich dafür, wieder zu beginnen, Laute zu üben. Niemand zeigte sich im Raum.

»Du machst das sehr gut«, sagte ich zu mir selbst. »Gt«, tönte es aus mir heraus. In diesem Moment bemerkte ich etwas Seltsames in meinem Mund, das widerstrebend meinen Zungenrücken berührte. Eine Irritation, die alle Aufmerksamkeit auf sich zog, weil ich fortan nicht mehr unterlassen konnte, mit der Zunge zu überprüfen, ob es immer noch hinten im Gaumen klebte, das Haar.

Haar. Das war der Begriff, das Gefühl, das mich würgen, meine Zungenbewegungen zu einem Zwang werden ließ. Der Drang, das Ding loszuwerden, raus aus meinem Mund. Dann die Erkenntnis, dass es sich nicht fortbewegte, nur über meinen Zungenrücken kitzelte, manchmal an ihm haften blieb, aber kurz darauf wieder an derselben Stelle auftauchte und einen weiteren Würgreiz auslöste.

Ich bekam Angst, wurde wütend, schnaubte auf, bäumte mich auf, wurde lauter, bis die Schwester ohne Namen und ein Mann, den ich zuvor noch nicht gesehen hatte, über mir auftauchten. Hektik. Der Mann zog eine Spritze auf. Ja, Spritze, das war das Wort. Er sagte: »Das tut jetzt ein bisschen weh!«

Aber es tat nichts weh. Eine Weichheit durchfloss meinen Körper, die auch das Haar in einen warmen Wurm verwandelte, der sanft in meinen Gaumen zurückkroch, verschwand und alle Irritation mit sich zog, worauf sich die wohligste Ruhe in mir ausbreitete.

5

Es war Böger recht, den spät erscheinenden und mit fahrigen Entschuldigungen den letzten freien Platz einnehmenden Giorgios als Rechtfertigung für seine verzögerte Rede vorschieben zu können. Nachdem nun alle aufnahmebereit dasaßen, wartete Böger drei zusätzliche Sekunden, die seine ersten Worte mit einer Bedeutungsschwere und Autorität garnierten, noch bevor jene überhaupt geäußert waren. Allein diese Pause würde jeden im Raum überzeugen, dass Böger, der alte Hase im Geschäft, doch recht behalten hatte, und all das Unbehagen und die Zweifel, die das Team in den letzten drei Tagen erfüllt hatten, darin gründeten, dass man die Situation eben nicht so kompetent wie er einzuschätzen fähig war. Die Kollegen bemühten sich, Böger direkt und unverwandt anzuschauen, um nicht wie eine reuige Schulklasse dazuhocken, als dieser schließlich ansetzte:

»Zunächst für alle, die es noch nicht vernommen haben sollten: Unserem Patienten geht es wieder besser, auch wenn wir es vorziehen, ihn weiterhin ruhig zu halten. Es waren unruhige Stunden in der letzten Nacht für uns alle, und ich danke dem gesamten Team für den Einsatz. Letztlich hatten wir immer ein Kollabieren des Patienten als mögliche Reaktion eingeplant und wären wohl auch besser vorbereitet gewesen, wenn uns die letzten Tage nicht allzu sehr in Sicherheit gewogen hätten. Dieser Zwischenfall macht also noch einmal deutlich, dass wir uns nicht von den vordergründigen Anzeichen blenden lassen dürfen, sondern uns immer gegenwärtig halten müssen, welch tiefgreifende Prozesse hier stattgefunden haben. Eine komplikationsfreie Rückführung unseres Patienten kann zu keinem Zeitpunkt in der näheren Zukunft angenommen werden, egal, was die Ergebnisse unserer Untersuchungen zu versprechen scheinen. Umso dringlicher möchte ich darum bitten, die vereinbarte Geheimhaltung dieses Projektes unter allen Umständen aufrechtzuerhalten, so verständlich auch der mir nicht geheim gebliebene Wunsch ist, den Erfolg unserer Arbeit endlich öffentlich auszukosten. Der Zeitpunkt hierfür wird in nicht allzu ferner Zukunft kommen, soviel darf man trotz des Zwischenfalls sagen. Aber lassen Sie uns über solche Dinge nachdenken, wenn wir eine medizinische Sicherheit haben, die nicht über Nacht von einem Vorfall wie dem gestrigen ausgehebelt werden kann. Nur dann können wir langfristig auf eine konstruktive und wohlwollende Berichterstattung bauen. Denn soviel ist sicher: Jedwede Komplikation beim Patienten würde die Stimmung bezüglich der anderen laufenden Reanimationsprojekte im Lande massiv beeinträchtigen. Es liegt in unserer Hand, den Schritt in die Öffentlichkeit optimal vorzubereiten und loszuschlagen, sobald die Zeit reif dazu ist. In diesem Sinne: Lassen Sie uns unsere gute Arbeit fortsetzen und weiterhin an den Erfolg glauben!«

Nach einer kurzen Pause wurde Bögers Rede mit einem applaudierenden Tischklopfen beantwortet, in das schließlich auch Kruschke einfiel, ohne eine Miene zu verziehen.

Bis auf Weiteres keine Besuche, die Stabilisierung des Zustands abwarten. Sie müsse sich gedulden, hatte Böger ihr geraten und dabei tröstlicher geklungen, als es nötig gewesen wäre. Würde die ganze Sache hier und jetzt enden – sie hätte keinen Verlust empfunden. Für einen Mediziner mochten die Veränderungen von Kurvenverläufen oder ein umherirrender Augapfel ein Zeichen von Leben bedeuten, sie selbst hatte bei ihren letzten Klinikbesuchen einen leblosen Körper im Bett liegen sehen. Und es war auch nicht so, dass sie besondere Hoffnungen mit dem Erfolg der Unternehmung verknüpft hätte. Sie war sich immer noch nicht sicher, ob sie all das hier wirklich wollte. Ob sie die Konsequenzen tatsächlich würde schultern können. Deswegen war sie auch heute Morgen in jene Wohnung gegangen, wie sie es immer wieder getan hatte in den letzten zwei Wochen, seit dem Tag, als in der Klinik der Countdown gestartet worden war. Um sich ihrem Vater wenigstens hier näher zu fühlen, in dieser Wohnung, die die Klinik schon vor drei Monaten angemietet hatte, in dem gleichen Haus, auf der gleichen Etage, wo auch ihre Wohnung lag. Hier sollte er mit den prognostizierten Einschränkungen irgendwann ein neues Leben führen können, ihr Nachbar sein.

Ob sie meine, die Wohnung würde ihrem Vater gefallen, hatte Böger gefragt. Was wusste sie schon. »Mein Vater mag eine Wiesenblume, die man mittlerweile auch in den Geschäften kaufen kann. Ihren Namen kenne ich nicht, aber ich kann sie Ihnen zeigen!«, hätte sie antworten müssen. Das war alles, was sie über den Geschmack ihres Vaters sagen konnte. Eventuell könnte selbst diese eine Gewissheit nach der Wiederbelebung nicht mehr gelten. Und ganz sicher war die Wohnungseinrichtung etwas, über das sich ihr Vater die geringsten Sorgen machen würde.

In den ersten Monaten nach der Entlassung sollte sie noch regelmäßig von Mitarbeitern der Klinik unterstützt werden, um eine komplikationsfreie Eingewöhnung des Patienten in der neuen Umgebung sicherzustellen, aber auch und vor allem, um sie mit jenen Aufgaben vertraut zu machen, die sie später eigenständig erledigen musste. »Routineaufgaben«, hatte Böger betont, »völlig unbedenklich!«

Misstrauisch schritt sie durch den Korridor und betrachtete den Raum, in dem ein mit Plastikplane überzogenes Bett auf ihren Vater wartete. Vor einer Woche waren die übrigen Möbel angeliefert und aufgebaut worden. Sie gaben dem Zimmer den sterilen Glanz einer Musterwohnung, dezent und plump. Die Handschrift der Klinik blieb unverkennbar.

Der Geruch des frisch ausgelegten Teppichs mischte sich mit dem von Sägespänen, die sich bei der Montage der Schränke aus dem Holz geschält hatten. Im zweiten Raum der Wohnung, kaum mehr als eine Abstellkammer, stapelte sich das zurückgelassene Verpackungsmaterial. All das gab ihr die bitter schmeckende Ahnung, dass man auch ihr den Beginn eines neuen Lebens aufzwang, eines Lebens, das sie irgendwann allein würde weiterführen müssen, mit einem fremden Vater an ihrer Seite. Sobald die Sensation ausgekostet und abgefeiert war, würden Böger und die übrigen Klinikmitarbeiter nach kurzer Schamfrist die Wohnung verlassen und sie, die Tochter, mit dem Patienten allein zurücklassen. Man würde gemeinsam altern und ihr würde in einigen Jahren die Pflicht zukommen, ihren Vater schließlich doch noch zu beerdigen. Es war alles nur eine Frage der Zeit.

Sie klaubte den Schlüssel zu ihrer eigenen Wohnungstür aus dem schwerer gewordenen Bund hervor, an welchem nun auch zwei Schlüssel zur Nachbarwohnung hingen. Einen davon sollte sie in etwa zwei Monaten ihrem Vater aushändigen, damit dieser eigenständig Spaziergänge unternehmen könnte. Ein absurder Gedanke.

Es war kein sanftes Erwachen wie beim letzten Mal. Ein aus dem Nichts in meinen Körper schießender Schreck riss mich aus der Tiefe, mit einem Ruck zurück in das Zimmer, in das Bett, in dieses Leben mit der grellen Lampe über mir. Ich atmete tief ein, hastig, mit einer vom eigenen Willen unberührten Gier, als hätte man mich zuvor unter Wasser getaucht. Es fühlte sich an, als hätte ich Jahre nicht geatmet. Doch alles Fremde war dieses Mal schneller vertraut als bei meiner ersten Rückkehr.

Ich blinzelte mich voran durch das blendende Licht und erkannte über mir das Gesicht einer Krankenschwester, die in diesem Augenblick mit einem feuchten Lappen über meine Stirn strich. Ich lächelte, um ihr zu erkennen zu geben, dass ich mich an sie erinnerte. Es war so viel Vertrautheit in dem, was sie tat, dass ich ahnte, sie hatte schon eine lange Zeit neben mir gesessen, mir die Stirn gekühlt. Ich vermochte nicht zu sagen, ob ich davon etwas in den letzten Tagen bewusst miterlebt hatte, aber es gab eine vage Erinnerung daran. Mochte sein, dass ich in der zurückliegenden Zeit stets zwischen Schlaf und erschöpften Wachzuständen aufgeschreckt und wieder weggedämmert bin. Es schien ohnehin klar, dass alles, was mich betraf, hier und jetzt noch ohne Bedeutung war.

Böger atmete erleichtert auf. Nach einer knappen Woche zwischen Betäubung und Bewusstlosigkeit, gaben die heutigen Befunde Anlass zur Zuversicht auf entspanntere Tage. Schelling schien sich zu stabilisieren, nun mochte sich alles zum Guten wenden. Das strahlte auch auf die Arbeit der Schwester ab. Ihre Bewegungen schienen schwungvoller, sogar ihre Haut wirkte jünger, wie von einem Bann befreit. Böger musterte das Mädchen von oben bis unten. Er mochte diese unbedeckten Waden der Schwestern, die keinen zusätzlichen Glanz von Nylon benötigten. Man musste nur verhindern, den Blick bis auf das allzu praktische Schuhwerk zu senken.

»Und, was haben Sie für einen Eindruck von unserem Patienten?«, fragte er.

»Gut.«

Gut. Was auch sonst. Böger ärgerte dieses ignorante Verallgemeinern der Mädchen, die doch lange genug im Geschäft waren, um sich an detailliertere Einschätzungen heranzuwagen. Stattdessen flöteten sie ihr »Gut!« durch die Flure, als gelte es einer auf dieses Wort gestützten Glaubensgemeinschaft ihre Zugehörigkeit zu vergewissern. Eine Antwort, in der immer auch mitschwang: »Man kann es natürlich auch komplizierter ausdrücken!«

Er zumindest hörte diesen Vorwurf heraus.

»Ich denke, er pendelt sich langsam ein. Ist viel ruhiger geworden.«

Das klang schon versöhnlicher. Böger betrachtete das reglose Gesicht des Patienten, seine ins Leere starrenden Augen. Er richtete ebenfalls den Blick zur Decke und versuchte den Punkt zu lokalisieren, den Schelling in seinen wachen Phasen fokussierte, überlegte, ob man die Lampen über dem Bett nicht wie in den Tagen vor der Reanimation etwas abdimmen sollte, dachte plötzlich: »Wir waren schon viel weiter!«, seufzte und wandte sich mit diesem Gedanken an die Schwester, die gerade ihre restlichen Utensilien der Nachtschicht zusammenräumte, ein paar Mandarinen und ein Buch trivialen Inhalts, und lächelnd zu Böger aufblickte. In ihrer Mimik lag etwas Ermutigendes, etwas, das vermutlich schon bei etlichen Patienten seine Wirkung gezeigt hatte und dies nun auch bei Böger tat.

»Ich denke, das wird«, beantwortete sie das Seufzen ihres Vorgesetzten.

Wieder eine dieser Antworten, über die sich Böger normalerweise aufregte, aber es wunderte ihn nicht, dass er jetzt ganz ruhig blieb.

6

Sie verstand nicht. Böger hatte ihr noch zuletzt vor drei Tagen mit aller Behutsamkeit zu verstehen gegeben, der Rückschlag habe alle bisherigen Prognosen obsolet gemacht, dass sie sich auf einen wesentlich längeren Genesungsprozess einzustellen haben und die Regenerierung profanster Fähigkeiten Wochen, wenn nicht gar Monate länger dauern könne als bislang angenommen. Doch nun sollte ihr Vater plötzlich zu sprechen begonnen haben. Er würde nicht nur Laute produzieren, sondern mitunter auch ein ganzes Wort verständlich artikulieren. Ein Entwicklungsschritt, der nach Bögers ursprünglicher Zeitrechnung erst Ende des Monats zu erwarten gewesen wäre.

»Anscheinend hat das künstliche Koma die Wiederherstellung neuronaler Strukturen eher begünstigt als unterdrückt. Vermutlich war diese Ruhigstellung sogar förderlicher, als wenn Ihr Vater bei Bewusstsein geblieben wäre. Eine sich von selbst vorantreibende Weiterentwicklung der motorischen Fähigkeiten hatten wir gar nicht auf der Rechnung, wenn ich ehrlich bin.«

Nun drängte also die Zeit. Die Veränderungen überfielen sie. Gerade als sie meinte, ihr wäre eine Verschnaufpause eingeräumt worden, die es ihr erlauben würde, sich gedanklich auf die neue Situation einzustellen, stand der Besuch bereits vor der Tür und klingelte Sturm.

»Sie müssen unbedingt in die Klinik kommen und es sich selbst anhören, es ist unfassbar!«

Böger hatte nichts eingefordert oder ihr neue Zeitpläne unterbreitet. Das war auch nicht nötig. Sie wusste, die Wiedererlangung der Sprachfähigkeit stand für einen gewaltigen Entwicklungsschritt, der eine neue Therapiephase einläutete. Von nun an würde man den Patienten darauf vorbereiten, in ein normales Leben zurückzufinden, sich in die neuen Verhältnisse einzugliedern. Das neue Leben ihres Vaters, in dem ihr eine zentrale Rolle zukommen sollte, das im Grunde genommen erst durch seine Begegnung mit ihr beginnen würde.

»Sie werden der Ankerpunkt sein, an dem ihr Vater seine Erinnerungen festmacht. An Ihnen werden ihm die verstrichene Zeit und die Konsequenzen seiner langen Abwesenheit bewusst werden.«

Damit, dass ihr Vater redete oder zumindest Versuche unternahm, Worte zu formulieren, war jene Stufe genommen, der ein Aufeinandertreffen von Vater und Tochter unmittelbar folgen würde. Viel schneller als geahnt. Es bliebe nicht mehr beim Anstarren eines leblosen Körpers, sie würde ihren Vater ansprechen, seine Reaktionen beobachten, ihm zureden, seine Hand ergreifen, ja, was noch?

»Verhalten Sie sich ganz normal! Wie einem Freund gegenüber, den Sie eine lange Zeit nicht mehr gesehen haben.«

Sie rief Jörg an. Es treffe sich gut, er habe gerade eingekauft und keine rechte Lust gehabt, nur für sich alleine zu kochen. Gerne könne sie kommen, sehr gerne.

»Ich fühle mich nicht so gut. Kann ich vielleicht heute bei dir übernachten?«, hatte sie zum Ende des Gesprächs beiläufig gefragt und durch den Hörer den Wärmestoß gespürt, als Jörg am anderen Ende der Leitung errötete.

»Klar!«, antwortete er mit vorgetäuschter Lässigkeit.

Der Bericht der Logopädin las sich geradezu euphorisch: »T, D, L und N sind deutlich zu vernehmen und unterscheidbar, Vokale eher indifferent und unausgeformt. Mit einfachen Übungen konnten hier gute Fortschritte erzielt werden, auch bei den anderen Konsonanten. Der

Patient hat allerdings massive Schwierigkeiten, die in den Übungen gezeigten Fertigkeiten auch im freien Gespräch abzurufen. Dies sollte ihm in nicht allzu ferner Zeit gelingen, voraussichtlich bereits in zwei bis drei Tagen.«

Kruschke sah zu dem Patienten hinüber, dem diese gewaltigen Schritte bei der ersten Sitzung mit der Logopädin gelungen sein sollten. Schwer zu glauben. Im Grunde konnte man den Kerl kaum bei Bewusstsein nennen. Sie hatten die Logopädin überhaupt nur deshalb zu diesem frühen Zeitpunkt herbestellt, weil die Nachtschwester berichtet hatte, Artikulationsbemühungen bei ihrem Patienten festgestellt zu haben. Zwischen seinen Dämmerzuständen schien Schelling tatsächlich seine Umwelt wahrzunehmen. Dass er sich nun sogar zu logopädischen Übungen hatte animieren lassen, war ein jedem Laien offensichtlicher Beweis für das neu erwachte Leben in diesem bleichen Körper. Es hatte nicht allzu viel dafür gebraucht, hatte sich von selbst entwickelt, beinahe ohne ärztliches Zutun. Allein, Kruschke gefiel der Anblick des Patienten nicht.

Der Mann wirkte wie ein Toter, dem man nur noch nicht die Augen geschlossen hatte. Und dieses Ringen nach Worten und Lauten, zu dem er sich jetzt immer wieder aufraffte, erinnerte an einen Fisch, den man an Land gezogen hatte und der nun mit seinem Erstickungstod rang. Kein schönes Bild. Kein Bild, das irgendwann einmal in Zeitungen die Runde machen sollte, um die Erfolge der Abteilung zu dokumentieren.

»Ich weiß wirklich nicht, was ich von Ihnen halten soll!«, sagte Kruschke laut, weil er sich allein im Zimmer wähnte.

»Nein«, wisperte es vom Bett her. Der Fisch hatte gesprochen. Nun waren es zwei Personen, die sich in diesem Zimmer befanden.

»Möchtest du reden?«, fragte Jörg mit betonter Vorsicht.

»Nein«, schmetterte sie seinen Vorstoß etwas zu rüde ab. Dieses Abtasten, ob sich aus vollzogenem Beischlaf so etwas wie ein Anhaltspunkt für die Wiederbelebung ihrer Beziehung erhaschen ließe, war ihr zuwider und nun, als sie in ihren Gedanken so fern von dem neben ihr Liegenden war, schien seine Frage derart abwegig, dass sie meinte, selbst der uneingeweihte Jörg müsse dies von selbst erkennen. Der Mann neben ihr rollte sich jetzt auf die Seite, ihr aus Protest seinen Rücken zukehrend. »Du machst es einem wirklich nicht leicht«, seufzte es aus ihm hervor.

Sie ließ diese Äußerung unbeantwortet und stellte sich schlafend. Es ärgerte sie, sich von dem wütenden Schnauben neben sich in ihren Gedanken gestört zu fühlen, Jörgs Unruhe nicht ausblenden zu können. Sie wollte sich sammeln, einen Plan entwerfen, was in den kommenden Tagen zu tun sei. Böger würde mit der Bitte an sie herantreten, sich ihrem Vater vorzustellen. Er hatte bei ihrem letzten Gespräch gar nicht erst auf den nahenden Zeitpunkt hingewiesen und ihr damit die Chance zur Abwehr genommen. Irgendetwas Niederträchtiges lag in dieser Strategie, sie über harmlos erscheinende Vorabgespräche in ein Netz von Verpflichtungen einzuweben, die bereits als von ihr akzeptiert galten, weil und indem sie Bögers Zuhörerin gewesen war. Eine Zuhörerin, die keine Grenzen gezogen hatte, weil sie nicht abschätzen konnte, was man gerade mit ihr tat und welche Ausmaße die dem Gespräch innewohnenden Entscheidungen hatten. Neben ihr machte sich wieder Unzufriedenheit bemerkbar, ein geseufzter Protest in aufdringlicher Lautstärke.

Wenig später entstieg Jörg dem Bett und ging murrend in die Küche. Sie hörte, wie er wütend in den Schränken herumwühlte und ein Glas mit Leitungswasser füllte, dann einen Stuhl vom Küchentisch rückte und das Glas auf die Tischplatte knallte – unnötig geräuschvoll, so als ahnte er, dass sie ihm zuhören würde. Aber was sollte das für eine Aussage sein: ein Glas auf den Tisch zu knallen? Solche Aktionen nährten lediglich Verachtung in ihr. Doch sie war müde und zu verunsichert, um unerbittlich zu bleiben. Schließlich wurde all ihre Verachtung zu Mitleid aufgeweicht, als sie Jörg in einer Zeitschrift blättern hörte, viel zu hektisch, viel zu unbarmherzig und so hastig zerrend, dass sie erwartete, in Kürze die erste Seite reißen zu hören.

Und plötzlich schien ihr nichts erstrebenswerter oder von größerem Belang, als endlich zu erfahren, wie es sich anfühlen würde, jemandem von der Sache mit ihrem Vater zu erzählen. Zu registrieren, wie die Reaktionen eines nichts ahnenden Gesprächspartners ausfallen würden und an ihnen im besten Fall zu erstarken. So viel Egoismus sollte ihr zuzubilligen sein. Sie zog sich ihre Bluse über und ging in die Küche.

»Es tut mir leid«, sagte sie zum Auftakt.

Sie hatten sich auf die scheußliche Couchgarnitur ins Wohnzimmer zurückgezogen. Jörg hatte einen Bademantel übergezogen, sich aber so breitbeinig gegen die Polster zurückgelehnt, dass ihr durch die Glasplatte des Couchtischs sein schlaffes Gemächt entgegenstierte. Sie hatte verpasst, ihr Missfallen darüber zum adäquaten Zeitpunkt zu äußern, hatte von ihrem Sessel aus drauflosgeredet und versucht, sich nicht in ihrer als Buße empfundenen Offenbarung von dem Anblick des Pimmels irritieren zu lassen.

Jetzt aber, da es an Jörg war, das Wort zu ergreifen, wuchs dessen Geschlecht zu einer unerträglichen Belästigung. Mehr noch: Es eliminierte ihn als Gesprächspartner, von dem irgendeine Form von Ratschlag oder Mitgefühl akzeptabel sein konnte. Was half es da, dass er nun mit den Worten zu ringen begann? Worte, die Sätze einleiteten, die schon in den ersten Silben als Sätze zu erkennen waren, die nie beendet werden würden und die alle in dem fischigen Luftschnappen mündeten, mit dem Jörg zu einem weiteren Halbsatz ausholte.

Sie hatte den Jungen erschreckt. Schockiert. Und darin erkannt, wie weit sie in die ganze Geschichte bereits vorgedrungen war. Hier saß ihr nun eine Jungfrau gegenüber, arglos, nackt, im Sitzen taumelnd und immer wieder unschlüssig auf dem Sofakissen vor- und zurückrutschend, ein blödes Versteckspiel mit dem frei hängenden Penis veranstaltend. Ein unwürdiges Schauspiel.

»Unfassbar, dass so etwas möglich …! Ich meine, ich …«, stotterte Jörg vor sich hin, auf der Suche nach Hilfe.

Es würde an ihr sein, der Offenbarung ihres Geheimnisses irgendeinen Sinn zuzuweisen, sich diesem erdrutschartigen Gestammel entgegenzustellen und zumindest ihre Fragen loszuwerden. Diese mochten, sobald sie erst einmal ausgesprochen waren, etwas von ihrer Verstörung und Bedrohlichkeit verlieren. Das war der einzig vorstellbare Gewinn, der sich aus den zurückliegenden Stunden einstreichen ließ. Sie riss also die Gelegenheit zum Einwurf an sich und leitete einen eigenen Spielzug ein:

»Mich plagen so blödsinnige Fragen, ob ich ihn umarmen oder küssen sollte, wenn ich mich ihm vorstelle – und wenn ich es nicht tue, ob es ihn verletzen könnte …?«

Viel zu schnell, um angemessen überdacht worden zu sein, hatte Jörg eine Antwort parat: »Tu einfach, wonach du dich fühlst!«

Sie starrte ihn überrumpelt an. Nicht wegen der schalen und nichtigen Erkenntnis, die seinem Sätzchen entsprang. Vor allem, weil er an diesem Abend tatsächlich einmal einen Gedanken zu Ende gebracht hatte, und das mit einer Selbstverständlichkeit, als sei die von ihr aufgeworfene Frage gerade jene, die von allen bislang im Raum stehenden die geringste Problematik in sich berge. Jörg war auf die Vorderkante der Couch gerutscht, um ihr nun frech in einer ihm bequemeren Gesprächsposition so etwas wie Souveränität zu präsentieren. Wie zur Kontrolle ließ sie ihren Blick auf sein Glied sinken. »Mehr kannst du dazu nicht sagen?!«

Erst jetzt schien er seine Entblößung zu bemerken, rückte wieder zurück von der Couchkante, stand urplötzlich auf und lief wütend im Zimmer auf und ab, vor sich her fluchend:

»Was erwartest du denn? Ich meine, du überfällst mich hier mit unfassbaren Geschichten! Meinst du allen Ernstes, ich könnte hierzu irgendwelche Tipps geben? Fundierte Ratschläge, oder was? Gott, was weiß ich! Ich kann das alles ja noch gar nicht glauben! Wieso fragst du mich jetzt erst dazu, wie stellst du dir das vor? Was soll ich dir denn jetzt noch groß raten?!«

Er hatte recht. Sie hatte sich zu lange an die Abmachung mit den Ärzten gehalten, wie gewünscht Stillschweigen bewahrt. Nun war es zu spät für die Suche nach einem Mitwisser. Diese Geschichte war bereits so weit fortgeschritten, dass es keine Wegbegleiter mehr geben würde. Sie würde von dem heutigen Verrat nicht profitieren, und es war auch gar nicht nötig, weitere Offenbarungen oder Personen in Betracht zu ziehen, weder Bea noch sonst irgendjemanden. Sie fühlte sich allein. Zu verlassen, um dem zum Schlafzimmer zurückschlurfenden Jörg zu folgen.

Am Frühstückstisch sprachen sie kein Wort miteinander. Jörg hatte sich demonstrativ in seine Zeitung vertieft und griff immer wieder in zu kurz erscheinenden Abständen blindlings nach seinem Kaffeebecher, der in direkter Blickachse zu ihr abgestellt war. Es wäre bequemer gewesen, ihn am rechten Rand des Tisches zu platzieren, wo nur ein kurzes Schielen an der aufgeschlagenen Zeitung vorbei nötig gewesen wäre, um kontrolliert danach zu greifen und trotzdem die mit Missachtung zu strafende Frau gegenüber nicht erblicken zu müssen. Aber das umständliche Tasten nach dem Becher war wohl ein Symbol für Jörg, was auch immer er damit zu zeigen versuchte.

Sie selbst empfand diese Abstrafung als lächerlich überzogen und ungerechtfertigt, sah aber davon ab, sich darüber zu beklagen. Vielmehr war sie froh, dass Jörg an diesem Morgen nicht auf eine zähflüssige Aussprache drängte. Dass ihm tatsächlich nicht nach einem klärenden Gespräch war, bekräftigte sein in einen übereilten Aufbruch hineingemogelter Abschiedsgruß. Es werde heute spät bei ihm. Er meinte das herablassend, aber sie empfand es in diesem Moment als eine große Erleichterung.

»Er hat was?!«

Es war nicht ganz aufrichtig, wie vehement Böger die Unglaublichkeit des soeben Gehörten in das steil nach oben intonierte »Was?!« drückte. Es war stets damit zu rechnen gewesen, dass Kruschke irgendwann eine Gelegenheit nutzen würde, die Grenzen der innerhalb des Teams getroffenen Abmachungen zu überschreiten, doch es erstaunte und verärgerte Böger, wie wenig vorbereitet er auf den Erstschlag des ewigen Konkurrenten gewesen war und wie wenig er die momentane Lage als möglichen Zeitpunkt vorausgeahnt hatte. Denn, das musste Böger zugeben, es war ein kluger Zeitpunkt.

Der Pfleger war sichtlich eingeschüchtert von Bögers aufbrausendem Tonfall, der ihm wie eine persönliche Anklage entgegenschlug.

»Das glaub' ich einfach nicht!«, fluchte Böger und wuchtete den Tagesbericht mit einem Knall auf seinen Schreibtisch, drückte eine Kurzwahl und zerrte den Telefonhörer an sein Ohr, dass der Apparat quer über die Tischplatte schrammte.

»Ja, ich bin's! Ich habe Giorgios hier, der mir gerade von deinem Gespräch mit Braun… Wie, du kannst das erklären?! Was …? Nein, absolut nicht, nein, ich möchte, dass du … In fünf Minuten!«

Böger schmiss den Hörer zurück an seinen Platz, schlug nochmals nach, weil das Ding nicht richtig auf der Gabel gelandet war, und schimpfte, immer noch fernab einer dem Raum angemessenen Lautstärke: »Es ist einfach unglaublich!«

Er setzte sich, die Ellbogen auf den Tisch gestützt, die Hände vor seinem Kinn verschränkt, und atmete durch. »Wie kommt dieser Idiot dazu, Braunschulte von Schelling zu erzählen? Ausgerechnet Braunschulte!«

Giorgios stand unschlüssig in der Tür. Böger murmelte zur eigenen Beruhigung irgendetwas vor sich hin und sagte dann, gerade so, als wenn ihm die Anwesenheit des Pflegers erst in diesem Moment wieder gewahr würde: »Sie können natürlich gehen! Danke, dass Sie mir Bescheid gegeben haben.«

»Es muss ja nicht sein, dass die Information schon breitere Kreise gezogen hat. Oder jemals ziehen wird.«

»Da mögen Sie recht haben, mein Guter – aber wir müssen uns darauf einstellen, dass über die Frage nach dem Zeitpunkt einer öffentlichen Bekanntgabe nun nicht mehr allein von uns entschieden wird. Und genau das ist es, was wir immer verhindern wollten!«

Böger hatte seine Niedergeschlagenheit mit etwas zu viel Theatralik gespickt und fügte deshalb schnell hinzu: »Aber um das in den Griff zu bekommen, hat unser Herr Kruschke sicherlich bereits eine Strategie entworfen, die er mir in fünf Minuten erklären wird. Und ich kann es kaum erwarten, mehr davon zu erfahren ...«

Er schmunzelte Giorgios zu, damit dieser sowohl die Ironie wie die Gelegenheit, sich aus dem Staub zu machen, erkannte. Dann schlug Böger die vor ihm liegenden Akten auf.

»Soll ich Ihnen mal etwas verraten?«

Die Schwester hatte die Bettdecke zu Seite geklappt, einen Lappen gezückt und mir die Hose bis zu den Knien hinuntergezerrt. Dies war immer der Moment, in dem Eva zu einem Redeschwall ansetzte, der so lange andauern sollte, wie ich derart entblößt vor ihr ausgestreckt lag, der nur etwas abebbte, wenn sie mein Geschlechtsteil anhob, um darunter verdeckte Stellen meines Körpers mit ihrem Lappen zu erreichen.

»Ich habe mir als Mädchen auch immer Geschichten ausgedacht und aufgeschrieben. Ganz verrückte Sachen! Es ist lustig, das sich heute durchzulesen. Ist natürlich keine große Literatur ...«

Das Waschen war eine der Aufgaben, die jeden Morgen routinemäßig von Eva oder einer der anderen Schwestern erledigt wurden. Es war seltsam, wie lange mich diese Prozedur erschrecken, wie lange mich das allmorgendliche Zurückschlagen der Bettdecke überraschen konnte, ehe ich die darin vollzogene Regelmäßigkeit erkannte. Diese Zeremonie war meine erste Stütze zum Erlernen des neuen Tagesrhythmus, den man für mich vorgesehen hatte.

»Meine Lehrerin hat immer gesagt, ich hab' da ein großes Talent. Das hat sich dann leider in den anderen Fächern nicht so gezeigt ... Ich glaube, ich bin eher ein Gefühls- als ein Zahlenmensch ... Na ja, ich will mich nicht beschweren, die Arbeit hier in der Klinik ist schon genau das, was ich immer wollte. Aber manchmal, da denke ich, ich hätte auch etwas ganz anderes machen können. Nicht gleich Schriftstellerin natürlich. Aber wer weiß ...?«

Ich röchelte schwerfällig herum und produzierte Blasen mit meinem Speichel.

»Haben Sie etwas?«

Mir fehlte nichts. Das Einzige, was ich sagen wollte, war, dass das Mädchen zufrieden mit seiner Berufswahl sein könne.

Kruschke war sich selbst wenige Schritte vor Bögers Büro noch nicht im Klaren darüber, wie er seinem Vorgesetzten entgegentreten sollte. Es würde die Sache abkürzen, wenn er reuig das Geschehene als einen unverzeihlichen Fehler akzeptierte und dem Projektleiter das Anrecht auf die zu erwartende Strafpredigt zubilligte. Letztlich war es nicht nötig, Böger zusätzlich herauszufordern. Kruschke hatte seine Punkte eingefahren. Alle Kollegen aus dem Team, die gestern Abend dem Gespräch mit Braunschulte beigewohnt hatten, waren sich mehr als einig darüber gewesen, dass dessen Einlassungen für die weitere Arbeit nützlich sein könnten, dass es generell Sinn mache, den Maulkorberlass bezüglich des Schelling-Projekts für Fachkreise aufzuweichen und die Meinungen von externen Kollegen einzuholen. Kruschke hatte diesem Wunsch nach Öffnung entsprochen und damit die Gunst des Teams zurückgewonnen. Er hatte seine Punkte eingefahren. Auch so.

Aber irgendetwas brannte in ihm, die aufgestoßene Tür nun auch komplett zu durchschreiten, Böger die Überzogenheit seiner Standpunkte entgegenzuhalten. Er könnte ihm unumwunden ins Gesicht sagen, der Verstoß gegen die Abmachungen bezüglich der Geheimhaltung des Projektes sei ein überfälliger Schritt gewesen. Dass längst nichts mehr dagegen spreche, zumindest im Fachkreise über den Erfolg ihrer Unternehmung zu informieren. Dies sei sogar ihre fachliche Pflicht und die weitere Verschwiegenheit nicht länger zu begründen, weder medizinisch noch aus Sorge um den Patienten, der ja indessen schon zu sprechen begonnen hatte. Weitere Verbesserungen des Gesundheitszustandes waren in greifbarer Nähe, und man müsste jetzt unverzüglich wie kontrolliert den Gang an die Öffentlichkeit wagen. Ja, jetzt!

Kurz vor Bögers Büro zögerte Kruschke, sammelte sich, klopfte. Dann öffnete er die Tür ungewohnt elanvoll, überrascht von der eigenen Lässigkeit – um vom Blick des ihn bereits erwartenden Böger unverwandt in die Knie geschickt zu werden.

Böger war unzufrieden. Die widerstandslose Ergebenheit, mit der Kruschke die Vorwürfe entgegengenommen hatte, um sie in einem Kanon von Entschuldigungen versickern zu lassen, war so unehrlich und ehrlos, dass es ihn innerlich zerriss und doch davon abhielt, nachzufassen, dem Kollegen die Nase in den Dreck zu reiben. Zu punkten. Ja, das war es wohl, was Böger von dem Gespräch erhofft, aber nicht zu bewerkstelligen gewusst hatte. Der still vor sich hin schwelende Machtkampf zwischen ihm und Kruschke war mit dessen Verrat des Projekts aufs offene Spielfeld gebracht worden und er, Böger, hatte die Gelegenheit verstreichen lassen, den Affront mit einem ebenbürtigen Gegenschlag zu beantworten.

Kruschke war nicht der hilflose Idiot, der im Überschwang alle Abmachungen vergessen und unwillentlich zu Verschweigendes preisgegeben hatte. Er war nicht der, den er in dem just verklungenen Gespräch darzustellen versucht hatte, und es wäre vonnöten gewesen, ihm dies auch nicht durchgehen zu lassen. In dieser Situation die Spielrunde mit einem Unentschieden zu beschließen, war als Niederlage für Böger zu werten. Ein psychologischer Vorteil für den Gegner.

Kruschke hatte sich aus seiner Verantwortung gewunden, nicht den Mumm gehabt, einzugestehen, dass es ihm sehr wohl in den Kram passte, den Kreis der über das Projekt informierten Personen weiter gespannt zu haben. Der Kollege war durch die Weigerung, seinen Standpunkt zur Diskussion zu stellen – über jenes allumfassende Eingeständnis seiner Schuld – unangreifbar geblieben.

Doch der Wettkampf war eröffnet. Kruschkes fadenscheinigen Beteuerungen, nun alles gegen eine weitere Verbreitung der internen Informationen zu veranlassen und Braunschulte dementsprechend zu unterweisen, war nicht zu trauen. Darum würde er sich selbst kümmern müssen, auch wenn Böger wusste, dass hierfür ein rasches Treffen mit Braunschulte zu vereinbaren war, das ihn vermutlich zwingen würde, die für morgen geplante Fahrt nach Stuttgart nochmals zu verschieben.

Schwermütig nahm er den Telefonhörer ab und durchwanderte mit den Fingern seinen Visitenkartenroller, bis er auf Braunschultes Karte stieß. Böger wollte der Erste sein, der dem Neueingeweihten die Problematik des Projekts darlegen würde. Als das Besetztzeichen am anderen Ende der Leitung erklang, hoffte er, dass Kruschke ihm nicht zuvorgekommen war. Was auch immer der nun als Nächstes im Schilde führen mochte.

»Nein, Marlies. Ich würde dich kaum versetzen, wenn sich die Angelegenheit auf irgendeinen anderen Termin verlegen ließe. Dieser Braunschulte ist wegen eines Kongresses gerade in der Stadt und wird morgen Abend auch schon wieder … Natürlich verlangt das niemand. Aber er ist ein wichtiger Kollege, und es ließen sich einige Dinge bei einem persönlichen Treffen regeln, die man sonst in etlichen Telefonkonferenzen abgleichen müsste … Nun ja, da hätte ich dann wirklich die Befürchtung, man würde mir das als mangelndes Interesse auslegen … Natürlich verstehe ich das, deswegen wollte ich ja auch vorher mit dir sprechen, bevor ich Braunschulte zusage … Du hast recht: Ich lasse dir keine Wahl, aber ich wüsste auch wirklich nicht, wie ich anders … Verzeih' mir – versuch' es zumindest! Vielleicht schaffe ich es ja, den Termin so zu legen, dass ich morgen noch nach Stutt… Mach' es mir bitte nicht so schwer! Lass' uns noch einmal reden, in Ordnung? Ich rufe dich an, sobald ich weiß, wann ich Braunschulte treffen kann. Ja, natürlich werde ich alles daran setzen, noch einen späteren Zug zu erreichen. Das wird schon passen. Hoffe ich. Es tut mir wirklich leid! Ja? … Ja, tschüss!«

»Ah, Sie haben bereits ein Treffen mit Herrn Böger ausgemacht? Für morgen Nachmittag, sehr gut!«

Kruschke tänzelte an seinem Schreibtisch entlang, soweit dies die Schnur zum Hörer zuließ, bevor sie ihn zur Umkehr in die entgegengesetzte Richtung zwang. Seine Nervosität trieb ihn hierzu an, aber es schien Kruschke auch, als helfe ihm diese Bewegung, etwas lockerer bei dem Telefonat mit Braunschulte zu wirken. »Ich hatte schon ein schlechtes Gewissen, mit unserem Gespräch den Untergang des Abendlandes eingeläutet zu haben! Sie kennen ja unseren Herrn Böger!« Er wagte sich mit dieser Äußerung bewusst einen Schritt zu weit aufs Eis, was einen Widerspruch seines Gesprächspartners geradezu heraufbeschwor. »Aber natürlich, natürlich! Es ist nur so, und da werden Sie mir zustimmen, dass der Zustand des Patienten die gebotene Zurückhaltung nicht mehr rechtfertigt. Das merkt natürlich jeder im Team und das sorgt auch für eine gewisse Unzufriedenheit in unseren Reihen. Womit wir uns unnötigerweise einem nicht unerheblichen Risiko aussetzen, denn es bleibt ja zu befürchten, dass der Mantel des Schweigens eines Tages völlig unkontrolliert gelüftet wird. Schließlich ist der Kreis der über die Arbeit in der Klinik eingebundenen Personen nicht unbedingt kleiner geworden. Das ist es, was uns Sorge bereiten sollte! Demgegenüber ist die Einweihung eines werten Kollegen, mein lieber Herr Braunschulte, wohl deutlich weniger problematisch, wo man doch schon allein aus fachlichen Gründen auf die nötige Verschwiegenheit bauen darf. Deshalb wirkt die momentane Aufregung auch ein wenig befremdlich auf mich, ganz so, als würde man Ihnen nicht die Weitsicht zutrauen, derartige Informationen diskret zu behandeln. Aber Sie haben selbstverständlich recht: Herr Böger leitet das Projekt und ihm kommen jegliche Entscheidungen in dieser Sache zu. Es ist mir auch unsagbar peinlich, Ihnen, lieber Herr Braunschulte, durch mein loses Mundwerk derartige Unannehmlichkeiten bereitet zu haben!« Nun war es an Braunschulte, etwas Beschwichtigendes von sich zu geben. »Eben. Und ich denke auch nicht, dass da weiterer Klärungsbedarf besteht. Es dürfte ohnehin eine Sache von wenigen Tagen sein, bis der Fall unseres Autors der breiten Öffentlichkeit präsentiert wird. Bitte …? Ja, das glaube ich auch, dass uns da turbulente Zeiten ins Haus stehen! Herr Braunschulte«, Kruschke vollzog auf halbem Weg eine schwungvolle Kehrtwendung, »ich danke Ihnen recht herzlich für das nette Gespräch und bin zumindest erleichtert, dass mir mein Fauxpas gegenüber einem Kollegen unterlaufen ist, der uns unter normalen Umständen stets ein willkommener Berater wäre. Ich – wie auch die Mitarbeiter aus meinem Team – empfanden Ihre Ansichten zum Thema sehr erhellend … Ja, ich freue mich auf weitere Gespräche, beizeiten …! Ebenso, ebenso. Auf Wiederhören, Herr Braunschulte!«

Wie auch immer er die Eingaben und Fahrtwege änderte, der Fahrplan ließ sich nicht dazu bewegen, für Böger eine Zugverbindung anzuzeigen, die es ihm ermöglichen würde, morgen noch nach Stuttgart und zu Marlies zu gelangen. Nicht bei dem von Braunschulte vorgeschlagenen Termin für eine gemeinsame Unterredung am Nachmittag. Nicht, wenn Böger einkalkulierte, dass das Gespräch mit Braunschulte mindestens eine halbe Stunde dauern würde. Und so viel verlangten die Höflichkeit und der Respekt gegenüber dem Kollegen, auch wenn man gemeinhin nicht allzu viel von der Arbeit des anderen hielt. Böger fuhr den Rechner herunter. Er würde Marlies nicht anrufen, nicht heute Abend. Was hätte er ihr auch sagen sollen?

7

Am nächsten Morgen schien die Sache klar: Es war an der Zeit, Marlies einzuweihen. Wenn Kruschke schon dazu übergegangen war, eigenmächtig entfernte Kollegen über den Stand des Projektes zu informieren, sollte es Böger als dessen Leiter zustehen, ebenfalls ohne weitere Absprachen seine Ex-Frau von den aktuellen Forschungen zu unterrichten. Vor allem, wenn es ihm half, ihr sein Verhalten erklärbar zu machen. Insbesondere, wenn dieses Verhalten durch einen Fehltritt Kruschkes erzwungen wurde. Böger sah sich die Kurvenverläufe an, die die Logopädin hinter ihren zweiten Bericht geheftet hatte.

Es konnte nicht mehr lange dauern, bis die motorischen Befähigungen die Gedanken des Patienten an die Oberfläche bringen würden. Es wäre eine herbe Enttäuschung, wenn sich dieser Geist als irreparabel erweisen würde, einen so starken Defekt offenbaren sollte, dass man bei Schelling eine geistige Behinderung konstatieren müsste. Derlei Dinge waren bei Reanimationspatienten durchaus an der Tagesordnung. Aber dieser Mann war als Intellektueller in Erscheinung getreten – das war der Maßstab, an dem man den Erfolg seiner Wiederbelebung messen würde.

Gleichzeitig lag hier für das Team auch die Chance, einen uneinholbaren Erfolg einzufahren. Böger stellte sich vor, Schelling würde seinen unvollendeten Roman fortsetzen: Welche Faszination, welche Perspektiven, welche Ehrfurcht vor der Leistungsfähigkeit kämen da dem Gebiet der Reanimation zu?! Er lächelte. Vielleicht war dies ein Ansatz, um auch bei Marlies mehr Interesse für seine Arbeit zu wecken. Marlies, die sich immer für schöngeistig und belesen hielt, obwohl sie nicht besonders viel dafür tat.

»Stell dir vor, Marlies, ein zu früh aus dem Leben gerissener Mensch erhielte eine zweite Chance, sein Werk zu vollenden …!« Böger betrachtete sich im Spiegel, während er im Kopf eine Einleitung formulierte, mit der er sich Marlies anvertrauen würde. »Ich arbeite daran, dass der unvollendete Roman von Schelling sein Ende erhält. Keine Mutmaßungen mehr. Wir werden die Chance bekommen, den Autor selbst zu befragen!«

Aber das traf den Punkt nicht. Marlies würde all das Faszinierende und zu Rühmende seiner Arbeit beiseite stoßen und die durch nichts aufzuhaltende Frage stellen, ob Böger in der Zeit als Timo seine Hilferufe ausgesandt hatte, bereits Leiter dieses Projektes gewesen war, dessen Dimensionen sie schnell als so groß begreifen würde, dass ihr ein gedanklicher Beistand des Ex-Mannes für die Sorgen des gemeinsamen Sohnes ausgeschlossen erschiene. Sie würde ihm Selbstsucht und Hochstapelei unterstellen als Merkmale jenes krankhaften Ehrgeizes, der schon einmal ihre Partnerschaft zerstört hatte und nach wie vor sein Denken beschattete. Böger konnte nicht damit rechnen, bei Marlies auf Verständnis für die Anforderungen seiner Arbeit zu stoßen, konnte nicht damit rechnen, dass sie Berufliches vom Privaten zu trennen lernte, weil sich für sie all dies in der Vorstellung eines umfassenderen Charakters mischte, in der sich aktuell auch die Silhouette eines toten Jungen spiegelte, der keinen Ausweg mehr für sich gesehen hatte.

Die Wunde war zu frisch, um hinfortgeredet zu werden. Allem zu Sagenden wohnte die Aussicht inne, dass sich mit dem ersten Wort die wiedererwachte Zuneigung in ihr Gegenteil kehrte. Marlies würde ihm vorwerfen, sich in all den Jahren nicht verändert zu haben.

Aber Böger wusste, dass eben das nicht stimmte, ungerecht war. Die Trennung, die Sorge um Timo, der Selbstmord und – viel mehr noch als das – die zwischen Marlies und ihm wiederbelebten Gefühle hatten alle Gewissheiten in Frage gestellt, Prioritäten verschoben, alles verändert. Die für ihn spürbaren Veränderungen verlangten nur noch nach einer Manifestation, die auch Marlies überzeugte.

»Es genügt nicht, sich innerlich zu verändern«, raunte Böger pathetisch seinem Spiegelbild zu, und noch bedeutungsvoller erschien ihm der plötzlich gefasste Entschluss, der Beziehung zu Marlies ein Opfer zu bringen. Dem Wissen, sich verändert zu haben, eine äußere Entsprechung zur Seite zu stellen. Eine, die in Marlies' fremdartigem Wertekosmos Belang hatte.

Er strich den vereinbarten Termin mit Braunschulte aus seinem Notizbuch, klickte auf den Button, der eine verbindliche Buchung des Zugtickets nach Stuttgart bestätigte, warf einen Blick auf die am Monitorrand eingeblendete Uhr und entschied, Kruschke noch ein paar Minuten Zeit zu geben. Schließlich hatte der Mann heute eigentlich seinen freien Tag.

Böger setzte sich zufrieden zu seinen Akten, überflog noch einmal den Bericht der Logopädin und fühlte sich mit einem Mal seltsam entfernt von alldem, was dort dokumentiert war.

Ich sah sie auf einmal vor mir: All jene Laute, bei denen diese Frau und ich uns einig waren, dass ich sie bereits recht gut beherrschte. Sah sie als Buchstaben in Worte eingebaut, im Verbund mit Stolperfallen wie dem kehligen »r« und »ch« oder in Nachbarschaft des unüberwindbaren »j« und all den anderen Lauten, über die wir uns keine Illusionen machten.

Da waren auch Worte in meiner Erinnerung, die ausschließlich aus den mir einfach erscheinenden Lauten zusammengesetzt waren, aber sie ließen sich von mir in keine Abfolge bringen. Das Ergebnis meiner Bemühungen waren stets träge gespreizt aufeinanderfolgende Laute, die nur aufgrund des Wohlwollens dieser Frau als Worte identifiziert und akzeptiert worden waren. Von mir nicht.

Doch der Drang, ganze Worte auszusprechen, ließ mich nicht mehr los, und die Warnungen und Ratschläge der Frau, mich nicht entmutigen zu lassen und immer weiter zu üben, schienen nicht nötig, gerade weil ich, entgegen dem Angeratenen, keinerlei Geduld mit mir hatte. Diese halbverschluckten Fragmente, die sich nur leidlich den anvisierten Worten näherten, waren für mich beschämender als das bloße Stummsein. Es gab meinem Unvermögen einen zusätzlichen Anklang von Unzulänglichkeit und Beschränktheit, ich genierte mich, alle Benennung auf halbem Wege stoppen zu müssen. Doch für den Moment musste es einfach genügen, die Laute wieder und wieder zu trainieren, das zustimmende Nicken der Frau abzuwarten und ihr wider meine eigene Überzeugung ebenfalls Zustimmung zuzunicken, wenn sie anmerkte, ich solle etwas mehr Geduld mit mir haben. Es gab noch nichts zu sagen, was mehr bedeuten konnte als das »p...p...« und das »t...t...«, die mir besonders gut gelangen.

Die Maschine spuckte mit obszönen Geräuschen einen Spritzer Kaffee in die Tasse. Dann war Ruhe. Zum zweiten Mal. Kein Kaffee. Kruschke fummelte hilflos an dem Gerät herum, öffnete verschiedene Klappen, war wütend und niedergeschlagen zugleich, weil sein freier Vormittag bislang so ergebnislos verlaufen war und nun auch noch die Reparatur der Kaffeemaschine auf seinen unangerührten Aufgabenzettel geraten würde. Gerade so, als ob er aufgrund seiner bedauernswerten Situation ein Zugeständnis des Glücks erwartete, schloss er unverrichteter Dinge wieder alle Klappen und Türen und wählte abermals die Taste mit der mittleren Tassengröße. Irgendwo mahlte es. Dann kam der Spritzer des Vorbrühens, gerade in dem Moment, als das Telefon klingelte. Bögers Nummer im Display sorgte für einen heftigen Adrenalinstoß, als hätte sie Kruschke bei irgendeiner Handlung erwischt, derer er sich schuldig fühlen müsste. Er zögerte, den Anruf entgegenzunehmen. Was konnte Böger wollen? Ein Vorfall in der Klinik? Dann hätte man ihn wohl eher angepiept. Im Übrigen war die Mannschaft in diesen Tagen gut besetzt, und es müsste schon etwas Schwerwiegendes geschehen sein, um zusätzliche Verstärkung anzufordern. Vielleicht irgendwelche neuen Vorwürfe? Aber das Gespräch mit Braunschulte konnte noch nicht stattgefunden haben, daher vermutete Kruschke eher eine Nachfrage zur Vorbereitung auf dieses Treffen.

»Ja?«

Die Stimme von Böger klang seltsam entspannt, und das, was sie sagte, erschien Kruschke rätselhaft und verdächtig. Er bemühte sich um eine besorgnisfrei klingende Antwort auf Bögers Bitte: »Nein, natürlich kann ich heute Nachmittag für dich einspringen. Ich habe die Sache mit Braunschulte ja schließlich auch verschuldet. Ich dachte nur, du wolltest in jedem Fall selbst …«

Böger konnte das unterschwellige Zittern der Stimme am anderen Ende der Leitung spüren: Kruschke fühlte sich unwohl, aus seiner Deckung hervorgelockt zu werden – in Erwartung, hier sei bislang nur Geplänkel ausgetauscht worden, bevor nun in Kürze zum großen Schlag ausgeholt würde. In gewisser Weise hatte er auch recht mit dieser Ahnung, auch wenn der Schlag in eine ganz andere, für ihn unvorhersehbare Richtung gehen sollte. Mochten Böger in den vorausgegangenen Minuten die Konsequenzen seines Entschlusses auch beunruhigt und irritiert haben – in diesem Moment amüsierte ihn die bevorstehende Überrumpelung des Kollegen, und er genoss es, Kruschke im Ungewissen zappeln zu lassen.

»Vielen Dank, das entlastet meine Terminplanungen ungemein. Ich denke auch, Braunschulte wird hierdurch einen etwas besseren Eindruck von der Arbeit und dem Zusammenhalt in unserem Team erhalten. Nicht zuletzt kennst du ihn einfach besser und wirst ihm voraussichtlich einfacher ein Verständnis für unsere Belange abringen. Nur, dass wir die Gewissheit haben, auf seine Verschwiegenheit bauen zu können … Gut, das sollte nun auch kein allzu großes Problem darstellen … Aber noch etwas anderes, um das ich dich bitten möchte: Du weißt, die letzten Wochen haben mich intensiv gefordert. Beruflich, aber gerade auch in privater Hinsicht weit über den Rahmen des Erträglichen hinaus?«

Mit getragenem Tonfall brachte Böger diese völlig unnütze Frage vor, als sei damit eine tiefgreifende Enthüllung erfolgt. Ein zögerlich knurrender Laut beantwortete Bögers Annahme und deutete Kruschkes Bereitschaft an, hierauf aufbauende Konsequenzen zu akzeptieren.

»Ich denke, jeder im Team hätte Verständnis dafür gehabt, wenn ich unter den gegebenen Umständen die Leitung des Projekts Schelling aufgegeben hätte. Und vielleicht wäre es auch besser gewesen, wenn ich es getan hätte, direkt nachdem ich von Timos Tod erfahren hatte.« Böger gönnte sich die kleine Pause einer verschmitzten Genugtuung. Sein Gesprächspartner hatte nicht die geringste Ahnung, welche Richtung das Gespräch nach diesen neuigkeitsfreien Erläuterungen einschlagen würde. Kruschke brummte etwas, unschlüssig, ob er sich bereits für irgendetwas zu rechtfertigen habe. Dass Kruschkes Reaktionen so vorhersehbar waren und das Gespräch so reibungslos nach Plan verlief, war Böger beinahe unangenehm, ein plötzlich unfair aufstoßender Triumph.

»Nun, sicherlich war es meiner Überforderung mit der gesamten Situation, dieser Grenzerfahrung, geschuldet, dass ich nicht die Ruhe und den Überblick fand, zu tun, was ich längst hätte tun müssen – für mich persönlich, aber auch für die weitere Arbeit im Team: Ich möchte, dass du die Leitung des Projekts bis auf Weiteres übernimmst.«

Der Kaffee war kalt. Kruschke trank ihn trotzdem. Das wilde Blinken des Betriebslämpchens signalisierte ihm, dass die Maschine heute ohnehin keine weitere Tasse mehr füllen würde. Immerhin diese noch.

Damit hatte er nicht gerechnet.

8

»Ja«, sagte sie, bemüht, keinen anklagenden Ton anzuschlagen und gleichzeitig nicht unbeteiligt zu wirken, »natürlich habe ich vollstes Verständnis für diesen Schritt. Niemand sollte sich in Ihrer Situation auch noch beruflich belasten.« Das war tatsächlich das, was sie dachte. Sie dachte aber auch: Wieso gerade jetzt?! Und irgendwie schien ihr, als ob die Erklärung Bögers nicht der vollen Wahrheit entsprach, sondern nur als unangreifbarer Vorposten auf das Spielfeld gesetzt wurde. Sie kam sich betrogen vor, versicherte dennoch, diesem Kruschke dasselbe Vertrauen zu schenken und ließ sich den auf einmal sehr viel straffer gehaltenen Zeitplan der nächsten Schritte darlegen. Alles würde jetzt schneller vonstatten gehen, so, als habe der Wechsel in der Projektleitung dazu geführt, die Genesung ihres Vaters einen Gang höher zu schalten. Übermorgen, wie gehabt, stand die Visite in der Klinik an, bei der sie sich zum ersten Mal als Tochter vorstellen würde. Aber schon nächste Woche sollte die Umquartierung des kürzlich noch bewusstlosen Vaters erfolgen. Aus der Obhut der Klinik in die Unwägbarkeiten direkter Nachbarschaft.

»Nächste Woche«, wiederholte sie, die beiden Worte erst in ihre Gedankengänge einfügend, erschrocken. Böger hatte vor wenigen Tagen noch von Mitte kommenden Monats als frühestmöglichem Termin einer Umquartierung gesprochen. Nächste Woche, das passte ihr nicht. Es konnte ihr nicht passen, und ihr wurde immer klarer, dass auch dieser Kruschke ihr nicht passte, dass sie ihm nicht im Entferntesten das gleiche Vertrauen entgegenbringen würde, einfach deshalb, weil er sie mit seinen ehrgeizigeren Zeitplänen unter Druck setzte. Es war pure Bequemlichkeit, die ihr das Wohlergehen ihres Vaters bei Böger in besseren Händen aufgehoben hieß. Nichts Fachliches. Und plötzlich schwante ihr, man könne Böger seiner freundlichen Zögerlichkeit wegen den Fall entzogen haben.

Als einige Minuten später auch Kruschke bei ihr anrief, um ihr noch einmal persönlich seinen Einsatzwillen zu zeigen, war sie kurz angebunden und schob einen Termin vor, um schnell mit einer unwirsch intonierten Abschiedsformel und dem Hinweis auf das baldige Treffen in der Klinik das Gespräch zu einem Ende zu bringen. Kruschke geriet ins Stocken, wohl weil er meinte, noch etwas klarstellen zu müssen, was er dann aber unterließ und schließlich sogar als Erster auflegte. Irgendwo dazwischen hatte er angemerkt, sie könne ihn jederzeit anrufen, wenn noch Fragen zu dem Visitetermin in zwei Tagen bestünden. Aus Bögers Mund hatte dieses Angebot attraktiver geklungen.

»Das machen Sie gut! Sehr, sehr gut!« Ich mochte neuerdings Evas Art, mit mir zu reden. Dieses Hinwegducken vor den intellektuellen Pflichten eines Gedankens, allein des Wohlwollens und der Motivation wegen. Ich verstand und achtete derlei nunmehr im möglichen Rahmen, was am Erfolg liegen mochte, an den Fortschritten, die ich gemacht hatte und die man an den ewig gleichen Übungen gut festmachen konnte. Ich ermüdete bei den Übungen nicht mehr so rasch, was es generell einfacher machte, die Trainerin als Person zu mögen.

»Achtung, halten Sie meine Hand jetzt ganz fest! So fest, wie Sie können! Verhindern Sie, dass ich sie losreiße!«

Ich mochte auch, wie sie mir weismachen wollte, ich könne irgendwie verhindern, dass ihre Hand meinem Griff entschlüpfen würde, sobald sie auch nur einen Bruchteil der ihr zur Verfügung stehenden Kraft anstrengte. Doch sie hatte recht, als sie behauptete:

»Sehen Sie?! Sie haben meine Hand heute viel fester gehalten als gestern. Morgen schaffe ich es vielleicht gar nicht mehr, sie zu befreien!«

Ich drückte meine Augen kurz zu, was ein zwischen uns geltendes Zeichen war, welches nicht generell Ja oder Nein bedeutete, sondern: »Es ist alles so, wie Sie annehmen.«

»Auch wenn es sich nicht gehört, wollen wir uns jetzt zum Abschied noch einmal die linke Hand geben! Das hat doch gestern gar nicht mal so schlecht geklappt, stimmt's?«

Ich signalisierte ihr, einverstanden zu sein. Alles verhielt sich so, wie sie annahm. Unsere linken Hände griffen ineinander.

»Merken Sie das? Es funktioniert heute fast genauso gut wie mit rechts! Da hat wohl die linke Hand über Nacht Nachhilfe genommen!« Ihre Finger drückten in die über meinen Handrücken gespannten Sehnen, ein stechender Schmerz, der mich unwillkürlich zusammenzucken ließ.

»Möchten Sie mich kitzeln?«, jubelte sie etwas kindisch. Ich versuchte nochmals, die Hand aus der schmerzhaften Position zu drehen, spürte, wie sich dadurch meine Finger einer nach dem anderen in die

Hand der Frau verkrallten. »Sie wollen mich kitzeln!«, juchzte sie. Eva. Ich drückte meine Augen kurz zu und ließ uns im Missverständnis scheiden.

Die Schwester zog ihre Hand weg, richtete sich auf und breitete ihr freundlich argloses Lächeln über mein Bett aus: »Da wird Dr. Kruschke aber Augen machen, wenn ich ihm von Ihrer Kitzelhand erzähle!«

Kruschke? Wieso Kruschke? Irgendwer hatte heute Morgen schon von Dr. Kruschke gesprochen, was mir noch als eine Verwechslung oder ein Fehler meiner Wahrnehmung erschienen war. Böger hieß mein Mann.

»W…w…w…« – es war der alte Fehler, einen Laut zu wiederholen, wenn sich der Nachfolgende nicht sogleich artikulieren ließ. Immer neu ansetzen! »Für jeden Laut neu ansetzen – auch innerhalb eines Wortes! Dann ist es viel verständlicher«, hatte mir die Logopädin geraten. Alles vergebens. »W…w…w.«

»Auf Wiedersehen, bis morgen!«, flötete mir die Schwester zu, die meine weiteren Artikulationsbemühungen nicht abwarten wollte, wohl um mir die damit verbundene Verlegenheit zu ersparen.

Es pappte ein Haar zwischen meinen Lippen, mitverantwortlich dafür, dass mir das Artikulieren aus dem Ruder lief. Ein Haar, das irgendwo weiter hinten im Gaumen seinen Ursprung hatte und mich würgen ließ. Ich wusste, ich musste Ruhe bewahren, bloß nicht in Panik verfallen wie beim letzten Mal, überprüfte mit dem Zungenrücken meinen Gaumen und konnte erfühlen, dass da zwei oder drei Stoppeln aus dem Fleisch wuchsen. Ich schluckte trocken. Ruhe bewahren, raunte ich mir immer wieder zu, Ruhe bewahren.

Kruschke atmete durch. Es gab eigentlich keinen Anlass, enttäuscht zu sein. Bögers Rücktritt ließ sich zwar nicht zu einem Triumphzug umdeuten, an dessen Spitze Kruschke sich selbst hätte positionieren können, aber faktisch hatte er sein Ziel erreicht. Und das früher als gedacht.

Die Nachricht hatte sich am Vormittag wie ein Lauffeuer verbreitet, und noch bevor er in der Klinik angelangt war und das Team in den Besprechungsraum zur Vollversammlung hatte bitten können, schienen alle Bescheid zu wissen. Nicht jedem gefielen die Neuigkeiten und manch einer entging der Pflicht, eine Gratulation auszusprechen und Kruschke alles Gute für die weitere Leitung des Projekts zu wünschen, indem man die Sorge um Bögers Seelenheil vorschob und sich nach dessen Befinden erkundigte. Letzten Endes bedeutete all dies eine Annäherung an die eigentliche Frage, die auch Kruschke noch immer beschäftigte: »Warum jetzt?«

Böger hatte sich für den Rest des Tages entschuldigt, ihn dränge eine private, nicht aufschiebbare Reise. Er hatte schon frühmorgens die Klinik verlassen und über sein Sekretariat ausrichten lassen, morgen vielleicht gegen Abend noch einmal hereinzuschauen.

Es schien Kruschke keineswegs vermessen, den Lauf der Ereignisse zu bedauern. Böger war als Projektleiter ohnehin angezählt gewesen. Seine Flucht nach vorn hatte nun einen sauberen Wechsel verhindert und Kruschke in eine ungünstige Startposition gebracht. Wie unerwünschte Bälger waren ihm der Patient und die Projektleitung in die Arme gedrückt worden. All dies ließ ihn hilflos aussehen, allein, und Kruschke dachte mit Abscheu an die verzogene Tochter, die sich erdreistet hatte, ihn am Telefon zu demütigen. Er würde fortan der Ansprechpartner von Schellings Tochter sein und ahnte, dass Bögers Unverbindlichkeit ihr lange Zeit über Gebühr zu Selbstbewusstsein verholfen hatte. Das es nun zurückzustutzen galt.

Es widerstrebte Kruschke, den Patienten in Kürze dieser völlig unreifen und per se unzuverlässigen Person auszuliefern. Der Plan der vorgezogenen Entlassung Schellings war so etwas wie ein letzter Schachzug Bögers gewesen, ein Kuckucksei, das seinem Nachfolger den Einstieg zusätzlich versauerte. Aber noch blieb Kruschke eine Woche Zeit, dem Projekt einen eigenen Stempel aufzudrücken. Mochte Schelling auch ab der kommenden Woche der Fürsorge seiner Tochter übergeben werden, Kruschke würde sich den Fall nicht mehr aus der Hand nehmen lassen. Er würde die Fäden notfalls auch aus der Distanz ziehen und über seinen neuen Patienten wachen. Jeden Moment.

Marlies sah ihren Besuch an. Lächelte. Es schmeichelte ihr, dass Böger noch gekommen war, seinen Terminkalender ihr zuliebe umgekrempelt hatte. Sie wusste, welche Bedeutung diesem Akt beizumessen war und räkelte sich in sichtbarer Bereitschaft, das Spiel eines romantischen Tête-à-Têtes mitzuspielen.

»Ist es nicht zu spät für einen zweiten Versuch?«

»Wir haben versäumt, dem ersten Versuch die Chance zu geben, die er verdient gehabt hätte«, wisperte Böger, sich gewiss, einen ihr gefälligen Ton getroffen zu haben. Zum ersten Mal seit Jahren saß er wieder auf diesem Sofa, das er noch nach Marlies' Wahl gekauft hatte, kurz bevor er aus der gemeinsamen Wohnung ziehen musste, in der Marlies sich nie wohlgefühlt hatte und die von ihr nach der Scheidung schnell aufgegeben worden war zugunsten ihres Rückzugs in die Heimatstadt ihrer Beziehung.

»Schöne Wohnung!«, hatte Böger zur Begrüßung anerkennend und mit wissendem Blick in den Flur geraunt, während er insgeheim ausrechnete, wie viel seines Geldes in der neuen Bleibe seiner Ex-Frau steckte.

Wenig später lag Marlies langgestreckt auf dem alten Sofa, ihren Kopf in Bögers Schoß gebettet und reckte sich zum Couchtisch, um ihr Weinglas abzustellen, an dessen Rand Spuren von Lippenstift verteilt waren. Ihm war nicht aufgefallen, dass sie welchen aufgetragen hatte, Marlies war ihm immer ungeschminkt erschienen.

»Du hast dich verändert«, seufzte sie, als sie sich zurück in Bögers Schoß legte.

»Ich hatte keine andere Wahl«, antwortete er. Seine mit Bedacht platzierten Worte erfüllten diesen Raum wie ein Monument, spülten Erinnerungen hoch, an die Geschichte ihrer Beziehung, an die frohen

Tage, an die Trennung, natürlich an Timo. Marlies hatte Tränen in den Augen. Böger streichelte über ihre Schulter, um die Beklemmung aufzulösen: »Tja …«

»Und du hast dich wirklich aus der Klinik zurückgezogen? Warum? Ich meine – die Arbeit hat dir immer so viel bedeutet …«

Böger lächelte jovial, versuchte, die bedrückende Stimmung weiter zu entschärfen, ohne überheblich zu wirken. »Nun, ich habe etwas Entscheidungsgewalt delegiert – darüber bin ich nicht arbeitslos geworden, wenn dich das sorgt!«

Marlies stützte sich auf einen ihrer Ellenbogen, was ein wenig in seine Oberschenkel stach, schaute ihm prüfend in die Augen. »Nein, aber es war dir immer sehr wichtig, die Entscheidungen zu treffen!«

Böger bewegte sich zum Tisch, um sein eigenes Glas zu ergreifen und zwang Marlies damit, sich wieder aufzurichten. Er nahm einen kleinen Schluck, ließ den Wein im Mund wirken.

»Vermutlich habe ich genug entschieden in meinem Leben. Und nicht immer habe ich mir damit einen Gefallen getan.«

Noch mehr Flüssigkeit staute sich in ihren Augen. Nun würde bald eine Frage zu Timo gestellt werden, verbunden mit der Gefahr, die Harmonie ihrer Zweisamkeit zu zerstören. Marlies hatte sich zurückgelehnt, ihren linken Arm auf die Rückenlehne gestützt, der selbst wiederum den zur Seite geneigten Kopf stützte. Sie hatte ihre Beine an sich gezogen wie ein Kind und rieb die nackten Füße aneinander, in gegenseitiger Liebkosung, es klang seltsam schmirgelig. War es eventuell doch zu spät, sich noch einmal neu ineinander zu verlieben? Vermutlich. Aber war so viel überhaupt nötig, um trotzdem zueinander zu finden? Er würde sich nicht von ein paar Schrunden an Marlies' Füßen beirren lassen. Dennoch scheute er den Blick ans andere Ende des Sofas.

»Denkst du oft an Timo?«

Dies war keine Frage, auf die Böger schnell oder intuitiv hätte antworten müssen. Das hätte unpassend gewirkt. Stattdessen erlaubte er sich, gar nicht zu antworten, trank, sah Marlies an, trank, schwieg.

»Ich kann es uns nicht verzeihen«, resümierte sie mit Verbitterung. Eine Prüfung. Marlies dachte immer noch, es läge in ihrer Hand, Mitmenschen aus der Reserve zu locken. Sie verstand sich allzu gerne als Herausforderin, die ihre vermeintlich klugen Gedanken wie Blitze aufschlagen ließ, um die Stimmung herumzureißen, Wendungen mit Vehemenz herbeizuführen und ungeschönte Reaktionen zu erzwingen. Böger kannte dieses Spielchen schon, er war vorbereitet:

»Wir hätten es nicht verhindern können. Es ist sinnlos, sich irgendetwas vorzuwerfen.«

»Ja, wie soll ich es anders sagen: Ich bin untröstlich, Sie mit meiner Geschwätzigkeit in die Verlegenheit gebracht zu haben, dieses Treffen mit Böger zu arrangieren – trotz Ihres knappen Zeitplans – und ich bin noch untröstlicher, dass Sie nun auch noch mit mir als Ersatz vorliebnehmen müssen. Was allerdings insofern Sinn macht, als Herr Böger, wie ich ja bereits am Telefon angedeutet hatte, die Leitung des Projekts Schelling nunmehr mir übertragen hat. Er lässt Sie im Übrigen schön grüßen sowie entschuldigen, aufgrund unaufschiebbarer privater Verpflichtungen verhindert zu sein. Sie wissen vielleicht um die tragischen Umstände, unter denen Herr Böger seinen Sohn verloren hat? Wir alle im Team hatten etwas ungläubig verfolgt, wie souverän er dieses Unglück wegzustecken schien, um mit vollem Einsatz die letzten Handgriffe der Reanimation zu begleiten. Trauer benötigt jedoch Zeit. Und es erscheint allen Beteiligten nur konsequent und richtig, dass sich Herr Böger nun, nach der geglückten Reanimation, aus dem Projekt zurückzieht. Natürlich wird er den weiteren Verlauf der Behandlung mit seinem unschätzbaren Fundus an Erfahrungen unterstützen. Aber eben aus dem Hintergrund. Man bleibt nun mal trotz der Hektik unseres Berufes Mensch und sollte sich die Verschnaufpausen gönnen, die die Seele einfordert.«

Der zurückliegende Kongress hatte seine Spuren hinterlassen, Braunschulte sah müde aus. Oder aber der Mann hatte es schlichtweg für unnötig befunden, sein Äußeres für ein Treffen mit Kruschke in bestmögliche Erscheinung zu bringen – für einen Stellvertreter. Bögers freiwilliger Rückzug mochte für den Außenstehenden die Bedeutsamkeit des Falls Schelling unterbewusst entwertet haben, und nur mühsam wahrte Braunschulte den Schein einer Mindestaufmerksamkeit. Das Tempo, mit dem er während Kruschkes Monolog die zwischen ihnen abgestellte Schale mit Erdnüssen geleert hatte, deutete an, dass es dem Kollegen bei diesem Termin vor allem um das in Aussicht gestellte gemeinsame Abendessen ging. Der Kerl schien sich hierfür eigens leergehungert zu haben. Ein Hauch von Verachtung stieg in Kruschke auf angesichts der peinlichen Vorstellung, zu der sich der mit ungleich höherem Einkommen gesegnete Braunschulte herabließ.

»Natürlich möchte und werde ich die neue Situation nicht dazu nutzen, mich schadlos aus der Affäre zu ziehen, denn in der Tat war die Kritik an meiner Geschwätzigkeit mehr als berechtigt. Unser Fall benötigt noch einige Tage, in denen grundlegende Vertraulichkeit und Verschwiegenheit geboten sind, derer ich mich guten Mutes noch einmal bei Ihnen rückversichern möchte – ohne mit dem erhobenen Finger an Sie herantreten zu wollen. Letzterer hat selbstredend immer noch auf mich zu zeigen!«

»Aber selbstverständlich«, bestätigte Braunschulte, kraftlos und desinteressiert. Der Kellner nahte mit den Vorspeisen. »Da machen Sie sich mal keine Sorgen, mein Lieber.«

»Na, das sieht ja gut aus«, begrüßte Kruschke die servierten Teller und plauderte der Geistesabwesenheit seines Gegenübers hinterher.

9

Ich musste eingenickt sein. Im Schlaf hatte ich die Kontrolle über meinen Körper aufgegeben und es zugelassen, dass mir der Mund aufgeklappt war, aus dem Speichelfäden entwichen waren. In meinem

Schlund schienen weitere angetrocknete Büschel jener Fäden zu hängen, an denen ich mich in diesem Moment so verschluckte, dass ich sprotzend loshusten musste.

»Sie haben mich ganz schön erschreckt!«, lächelte mir das Mädchen entgegen, während ich mich zwischen den Sitzbänken hochzuhangeln versuchte. Als ich wieder aufrecht saß, sah ich besorgte Gesichter, die mich beobachteten, manche der Personen in einer ihre Einsatzbereitschaft dokumentierenden Bewegung verharrt, die meisten von ihren Sitzplätzen verstohlen herüberschielend.

»Ich dachte schon, es ist Ihnen was passiert!«, beschwerte sich das Mädchen mit jovialem Schmiss. Was sollte schon passiert sein? Ich wollte ihr irgendetwas entgegnen, das die Möglichkeit von etwas Besorgniserregendem noch tiefer ins Undenkbare abwiegelte, aber die strähnige Last in meinem Mund nahm mir die Worte.

»Kann ich irgendetwas für Sie tun?«

Ich schüttelte den Kopf. Links, rechts, links, rechts, in der Heftigkeit der Bewegung einen Genuss entdeckend, bis durch alle meine Adern eine drängende Unruhe zog, die meinen Körper elektrisch aufzuladen schien, die Muskeln unter Spannung setzte. Altvertraute Spannung.

»So, nun können Sie wieder wie früher loslegen!«, verkündete der Pfleger und zog die Spritze ab.

Man wollte mich aus dem Bett hervorlocken und hatte zu stärkeren Mitteln gegriffen. Der Wirbel in meinen Adern würde nicht wieder abklingen, eine Durchsage verlautbarte, die Fahrt werde in Kürze fortgesetzt. Die anderen Passagiere atmeten erleichtert auf. Ich spürte fremde Hände, die meine Hosentaschen abtasteten.

Kruschke kramte den Zettel mit der Telefonnummer hervor, den Braunschulte ihm bei ihrem gestrigen Gespräch überreicht hatte. Der Kollege war im Laufe des Abends noch in Stimmung gekommen und hatte davon berichtet, bei einem seiner Projekte professionelle Unterstützung in Sachen Medienarbeit in Anspruch genommen zu haben, was er auch im Fall Schelling dringend anrate. Er hatte Kruschke eine Nummer aufgeschrieben und nahegelegt, vorab mit dieser Agentur in Kontakt zu treten. Denn soviel war klar: Die Klinik hatte eine unglaubliche Story anzubieten, die die gesamte Medienlandschaft in Goldgräberstimmung versetzen würde. Der renommierte Autor Schelling als erster prominenter Reanimationspatient – da würden sich Gelder für Exklusiv-Interviews und Fotorechte einstreichen lassen, die man als uneingeweihter Fachtrottel gar nicht im Blick habe. Man benötige unbedingt einen Profi in seinen Reihen, hatte Braunschulte wiederholt betont, sonst liefe die Sache schnell aus dem Ruder. Kruschke war begeistert. Die Koordination der Pressearbeit im Fall Schelling Fachleuten zu überantworten, gab dem Ganzen einen weltmännischen Charakter. Nicht dieser Klinikmuff, den die Alte-Herren-Garde ausdünstete, zu der unlängst auch Böger gezählt werden musste.

Ein Medienberater. Allein das Wort klang nach Beschleunigung und Erfolg. Kruschke wählte die auf dem Zettel notierte Nummer, lehnte sich zurück und es schien ihm, als wenn in diesem Moment ein bedeutsamer Schritt in die einzig richtige Richtung gegangen worden war. Nach dem langwierigen Aufpäppeln des Patienten stand er, Kruschke, plötzlich an der Auffahrt zum Weltfluss, von dem ihm nur noch das Tuten des Freizeichens trennte.

Böger nahm nicht ab. Nicht zu Hause, nicht in der Klinik – und am Handy meldete sich seit Stunden die Mailbox, obschon er ihr zugesichert hatte, er würde pausenlos erreichbar sein, insbesondere für sie. Nun hatte sich freilich seit gestern die Konstellation der Zuständigkeiten grundlegend geändert, aber sie hatte gehofft, dies würde nicht sofort mit aller Konsequenz gelten. Insbesondere nicht für sie.

In Anbetracht dieser Umstände erschien der Grund ihres Anrufes noch verwegener, wollte sie Böger doch bitten, mit dabei zu sein, wenn sie morgen früh ihren Vater besuchen und sich ihm vorstellen würde.

Der Gedanke, dort mit Kruschke allein am Bett zu stehen, war ihr unerträglich, wiewohl sie sich bewusst war, mit solchen Bedürfnissen die neu geordneten Verhältnisse in der Klinik zu ignorieren. Aber sie sagte sich, sie sei hierzu auch irgendwie berechtigt, ihrer besonderen Situation wegen. Wie sie so vieles mit ihrer besonderen Situation begründete. Aber Böger nahm nicht ab.

Dass sich nun der Name Jörg in ihr Bewusstsein drängte, als einziger, der ihr auch in allen ähnlichen Gelegenheiten eingefallen wäre, machte sie wütend. Vornehmlich auf sich selbst, da sie tatsächlich keine andere Person benennen konnte, die sich in gleicher Weise als Begleitung geeignet hätte. Aber ihre Wut ließ sich ebenfalls hervorragend auf den armen Jörg projizieren, der so passgenau wie zuverlässig einen Prügelknaben abgab. Bei dem sie sich in den letzten beiden Nächten einquartiert hatte, um ihn zum Mitwisser zu machen, ein letztlich ratloser Komplize, der in jeder seiner Reaktionen eine totale Überforderung mit der Situation offenbarte – insbesondere in seiner seit gestern zur Schau getragenen Weigerung, auch nur ein Wort mit ihr zu wechseln.

Nachdem sie heute morgen kommentarlos aus seiner Wohnung geschlichen war, hatte sie ihn im Laufe des Vormittags dreimal den Anrufbeantworter vollschwafeln gehört und ihm auch die anderen Anrufe zugeordnet, die rechtzeitig genug abgebrochen worden waren, um das Gerät zu keiner weiteren Aufzeichnung zu zwingen. Es war Jörgs Rhythmus, und für sie Grund genug, nicht abzunehmen und sich des Gesprächspartners zu vergewissern, auch wenn sie die leise Hoffnung hegte, Böger würde sich irgendwann bei ihr zurückmelden. Sie könne das bereits am Klingeln hören, dachte sie, aller Unwahrscheinlichkeit einer solchen Annahme zum Trotz.

Leider konnte sie nicht ausschließen, dass Jörg während ihrer erfolglosen Versuche, Böger zu erreichen, durch das Besetztzeichen darüber informiert worden war, dass sie zu Hause war und seine Hinterlassenschaften auf dem Anrufbeantworter gehört haben musste. Vermutlich hatten sich deshalb seine Entschuldigungen von Mal zu Mal flehender angehört, waren seine Beteuerungen, sie jederzeit unterstützen zu wollen, mit immer größerem Nachdruck formuliert worden. Nun, sie würde Jörg zurückrufen, das war ihr jetzt klar. Die Zeit drängte und sie benötigte eine Begleitung für morgen früh.

»Gib mir die Chance, zu beweisen, dass ich dir bei alldem eine Stütze sein kann!« – sie hatte dieses Angebot sogar auf Band. Und es gab wohl kaum eine Person, die ihren Vater besser kannte als Jörg, der sich in Tiefen der Biografie hineingelesen hatte, die ihr gänzlich unbekannt waren. Nicht auszuschließen, dass Jörg sie am Ende als Bezugsperson ausstechen würde und zum bevorzugten Gesprächspartner ihres Vaters werden mochte – zwei, die sich verstehen. Dieser Gedanke amüsierte sie, barg er doch einige Entlastung für die Zukunft in sich.

Das Telefon klingelte. Jörgs Rhythmus. Sie zögerte nicht lang, da sie wusste, er würde nicht ernsthaft damit rechnen, eine Chance zum Gespräch zu erhalten.

Ich erkannte den Mann. Er hatte oft genug mit im Raum gestanden, mir manches Mal wissend zugelächelt, über die Schulter der anderen hinweg. Mir war entfallen, dass der Mann Kruschke hieß, obwohl man ihn mir bereits vorgestellt hatte und auch bei späteren Gelegenheiten sein Name gefallen sein mochte. Manche Informationen wollten sich einfach nicht in meinem Gedächtnis verankern.

Kruschke hatte sich mir soeben nochmals als mein neuer zuständiger Arzt vorgestellt und mir erklärt, dass wir jetzt eine neue Stufe erklimmen würden, wie ich vermutlich schon bemerkt hätte, da man seit heute Morgen auch die übrigen, bislang stumm geschalteten Zentren meines Bewegungsapparates freigeschaltet habe und es nun nur noch eine Frage von Kraft und Koordination sei, bis sich Nerven und Muskeln so zurückbildeten, dass ich wieder ganz der Alte sein würde und mich selbständig aufrichten, ja, gar im Zimmer umherlaufen könnte. Aber wir sollten nichts überstürzen, natürlich nicht, fügte er hinzu – eine mir vertraute Redewendung aus den Trainingseinheiten mit der Logopädin. Eine Wendung, die mich nicht richtig betraf, auch wenn ich stets über dieses »wir« mit eingebunden schien.

Der Mann reagierte nicht. Kruschke beobachtete dies nicht ohne Zorn. Was sich hier auf den Monitoren verfolgen ließ, war alles andere als der von Böger prophezeite Schock, der von einer vorzeitigen Freigabe des Bewegungsapparates hätte ausgelöst werden können. Aber diese völlige Teilnahmslosigkeit des Patienten war ein Indiz, dass Kruschkes erste eigenmächtige Entscheidung als Projektleiter ein Fehler gewesen war, übereilt und wirkungslos. Böger konnte das als späten Triumph verbuchen, sollte er hierauf noch Wert legen. Die Jungs im Team würden dies zweifelsohne tun.

Es hatte nicht geklappt. Ein ärgerlicher Rückschlag für Kruschkes gern zur Schau getragene Risikobereitschaft, die nach dem gewonnenen Spiel um die Projektleitung eine handlungsbestimmende Linie hätte hergeben können.

Kruschke betrachtete den an die Decke starrenden Patienten, in dessen Körper nun reaktivierte Muskeln und Sehnen auf Impulse warteten und der so motivationslos dalag wie ein zum Sterben Gebetteter. Dennoch war der Mann bei vollem Bewusstsein, aufnahmefähig, und Kruschke hatte durchaus noch ein Ass auszuspielen:

»Herr Schelling, wie Ihnen bekannt ist, waren Sie eine lange Zeit ohne Bewusstsein. Aber es fällt sicherlich schwer zu erahnen, was das eigentlich bedeutet: siebzehn Jahre. Wir möchten gewährleisten, dass Sie möglichst bald in Ihre alte Welt zurückfinden, aber Sie müssen darauf gefasst sein, dass sich vieles in der Zwischenzeit gewandelt hat, viel Vertrautes verschwunden ist und Sie einige Dinge, aber auch Personen nicht wiedererkennen werden.«

Kruschke hatte nun, das war deutlich zu sehen, die volle Aufmerksamkeit des Patienten. »Ja, siebzehn Jahre, mein Lieber!«, grinste er in sich hinein. Der gewaltige Anstieg der Herzfrequenzkurve zeigte, dass der vor ihm Liegende keinen blassen Schimmer gehabt hatte, wie lange er tatsächlich ohne Bewusstsein gewesen war. Schellings Körper zitterte vor Anspannung. Doch so plötzlich seine Reaktion auch die Kurve hatte hochschnellen lassen, so schnell verflachten die Ausschläge wieder. Der Mann schien Kruschkes Rede nicht weiter zu folgen und irrte allmählich zurück in eine bewusstseinslose Trance. Nun, das sollte sich verhindern lassen:

»Morgen früh wird Sie übrigens Ihre Tochter besuchen! Sie lässt Ihnen liebe Grüße ausrichten und freut sich sehr auf dieses Treffen! Doch trotz aller Vorfreude müssen Sie sich auf die Veränderungen einstellen, die mit der langen Zeit Ihrer Bewusstlosigkeit verbunden sind. Ihre Tochter ist nicht mehr das Mädchen, an das Sie sich erinnern, sondern eine erwachsene Frau von zweiundzwanzig Jahren. Insofern wird die Begegnung mit ihr einen gewaltigen Einschnitt bedeuten. Freunden Sie sich mit dem Gedanken an, morgen früh auf eine nette junge Dame zu treffen, und versuchen Sie, die neuen Verhältnisse in Ihrer Welt als eine spannende Herausforderung anzunehmen, auch wenn das mitunter und vor allem zu Beginn nicht leicht fallen dürfte.«

Kruschke beobachtete genussvoll den Verlauf der steil nach oben schnellenden Kurve. Sie hielt sich zunächst, sackte für eine kurze Entspannungsphase ab, hob sich wieder und blieb dann auf annähernd gleicher Höhe. Schelling versuchte, sich irgendwie zu artikulieren, wälzte bei diesem Versuch seltsam spastisch mit dem Oberkörper umher. Giorgios kam wegen der ins Teamzimmer übermittelten Werte zur Tür hereingestürmt.

»Er bewegt sich!«, schwärmte Kruschke beschwichtigend.

»Alles in Ordnung?«, fragte Giorgios skeptisch, den Blick auf die Gerätschaften gebannt.

»Na, das sollte wohl mehr als in Ordnung sein, mein Guter! Das ist es, worauf wir die ganze Zeit gewartet haben!«

Kruschke erhob sich, legte seine Hand auf Giorgios' Schulter und zusammen verließen sie den Raum als abzusehen war, dass sich die

Herzfrequenz des Patienten wieder auf normalem Niveau einpendeln würde.

Ihre Tochter. Das Licht in den Korridoren brannte mit einem gleißenden Dröhnen, das Flackern war verstummt. Ich vernahm ein Knarzen aus dem Linoleum, lauter als zuvor, aber vorhersehbarer im Rhythmus und hierdurch leichter zuzuordnen. Es waren meine Schritte, die ich hörte. Auch wenn der Flur unverändert zu bleiben schien, merkte ich am Wechsel der über mir vorbeihuschenden Neonröhren, dass ich begonnen hatte, mich fortzubewegen. Es war Kruschke, der hierzu das Signal gegeben hatte. Meine Tochter.

Eine erste Erinnerung hatte sich bereits an dem Tag angemeldet, als ich in diesem Raum aufgewacht war, aber der Gedanke an eine Tochter war ohne das vorangestellte »Ihre« aus Kruschkes Mund ohne Bedeutung geblieben. Ich blieb stehen. Und lauschte, wie weit die Erschütterung meiner letzten Schritte durch den Boden schleichen würde.

Nichts zu hören.

»M…m…m…«, stammelte ich, ein Buchstabe, der mir nicht lag, nun aber besser gelang als bei mancher der Übungen mit der Logopädin. Die gelösten Muskeln im Brustkorb meldeten sich als Verstärkung an, die Hürden dieses Lautes zu überwinden. Ihre Tochter. Morgen würde sie kommen. Ich erinnerte mich daran, dass mir einmal ein Kind entgegengestrauchelt ist, höre mich rufen: »Wer kommt in meine Arme?«, ein fröhliches Juchzen, als die Kleine auf mich zu stürzt, aufgefangen wird. Wir drehen uns, ich halte sie, irgendeine Art von Umhertollen, welches sich zwischen uns eingespielt hat, zum Ritual geworden, aber in den rasch wechselnden Phasen ihrer Kindheit irgendwann verloren gegangen ist und nun tief in mir auf Bestätigung wartet. Wer kommt in meine Arme? »M…m…m…« Ich ging noch einmal jeden Laut einzeln im Kopf durch, dann holte ich Luft, presste die Lippen kurz aufeinander und sprach: »Mariska.«

»So spät haben wir Sie gar nicht mehr erwartet!«

Es mochte Giorgios etwas Vorwurfsvolles in den Tonfall gerutscht sein, was er gar nicht beabsichtigt hatte. Aber Böger hatte nicht vor, den vermeintlichen Angriff unbeantwortet zu lassen:

»Es mag auf Sie etwas unglücklich und verantwortungslos wirken, wie abrupt der Wechsel in der Projektleitung vonstatten gegangen ist. Aber ich denke, Kruschke hat Ihnen und dem Team die Gründe dargelegt, die mich zur Aufgabe bewogen haben?!«

»Hat er. Und jeder im Team hat vollstes Verständnis für Ihre Entscheidung, so viel darf ich Ihnen versichern!« Übereifrig bemühte sich Giorgios, das Missverständnis ungeschehen zu machen. »Ich bin nur überrascht, Sie heute Abend hier noch einmal anzutreffen. Waren Sie nicht verreist?«

»Verreist, ja, aber nicht ausgewandert.« Böger nahm die in seinem Fach deponierten Berichte mit kritischem Blick entgegen, wog sie prüfend ab. »Eine ganze Menge Zeug heute! Ist etwas vorgefallen?«

Giorgios schien vor Verlegenheit in sich zusammenzusinken, aus ängstlich gebückter Haltung schaute er Böger an: »Es wird Ihnen sicherlich nicht gefallen zu hören, dass Herr Kruschke heute ...«

Seine zögerliche Offenbarung wurde vom die Berichte überfliegenden Böger eingeholt: »Er hat ihn freigeschaltet?!«

Böger machte sich nicht die Mühe, in der Schärfe des Tons zwischen Täter und Bote zu differenzieren. Kurz wallte Wut in ihm hoch, dann dachte er zurück an den Vormittag mit Marlies, die vergangene Nacht. Das erste Mal, dass er das Wort »Sex« wieder mit einem Gedanken verband, der das beinhaltete, was er an den elenden Versuchen der letzten Jahre vermisst hatte. Etwas Räudiges, etwas auf alte Zeiten und tiefste Innigkeit Bauendes und Vertrauendes hatte sich wie auf Knopfdruck gelöst und ihm zugeflüstert, dass diese Frau, Marlies, die Richtige für ihn war und gewesen ist, und wie dumm es doch war, dass er, Böger, dies jemals hatte anzweifeln und vergessen können.

Er wünschte sich, auch in Marlies würden die letzten Stunden in diesem Augenblick nachwirken, auf ähnliche Weise und mit ähnlichen Schlussfolgerungen. Aber er zweifelte. Nein, es würde an ihm liegen, die Fährte auszulegen und ihre Gedanken immer wieder und wieder in die richtige Richtung zu lenken. Die Aufrechterhaltung dieser wiederbelebten Beziehung zu kontrollieren – das klang doch ganz nach seinem Metier. In diesem Moment erst fiel Böger auf, dass sich sein Gegenüber zwischenzeitlich in einen Entschuldigungsmarathon verrannt hatte und den abgeklärten Blick seines Vorgesetzten ganz offensichtlich nicht auf das bislang Dargebrachte zu beziehen wusste.

»Schon gut!«, unterbrach Böger die überhasteten Schilderungen, zu denen er ohnehin nicht mehr hätte aufschließen können. »Es steht Kruschke zu, nun seine eigenen Entscheidungen durchzusetzen. Ich werde mich damit zufrieden geben müssen, ihm die Verantwortung hierfür übertragen zu haben. Das ist alles zugegebenermaßen allein mein Problem und letztlich auch nur eine Frage der Zeit. Ihnen sind da selbstverständlich keinerlei Vorwürfe zu machen!«

Giorgios lächelte. »Er hat sich tatsächlich bewegt …!«

»Ich sehe schon …« Sein Vorgesetzter blätterte sich in den Fall zurück.

Böger erschrak, als er das Zimmer betrat. Schelling saß aufgerichtet in seinem Bett. Die Nachtschwester – es war jene, der Böger noch vor Kurzem Respekt gezollt hatte, woran er sich, im Gegensatz zu ihrem Namen, noch erinnern konnte – war eingenickt und schlief mit würdelos geöffnetem Mund auf einem Stuhl neben dem Bett des Patienten. So etwas passierte.

Aber der Mann, der vermutlich zum ersten Mal aufrecht in seinem Bett saß und ihm, Böger, zum sicherlich ersten Mal mit dieser Direktheit in die Augen sah, hatte etwas Furchteinflößendes. Er flüsterte irgendetwas vor sich hin, orientierungslos.

Böger war wie erstarrt und weit davon entfernt, die Situation dadurch aufzulösen, dass er die Nachtschwester aufweckte, ihr ihre Versäumnisse vorhielt und die Pflicht anmahnte, bei diesem Patienten eine über das normale Maß hinausgehende Sorgfalt walten zu lassen. Es hätte befreiend gewirkt, durch etwas Geschäftigkeit den fremd gewordenen Raum in die altbekannten Arbeitsstätte zurückzuverwandeln. Aber Böger vermochte sich nicht zu rühren, schaute wie gebannt auf den Patienten.

Auch Schelling starrte ihn unverwandt an, regungslos bis auf die Lippen, die immer wieder wispernd Laute hervordrückten. Und auf einmal geschah es, dass Böger in diesem Gemenge der sprachlosen Laute seinen Namen identifizierte.

Er konnte nicht sagen, ob ihm in diesem Moment ein Schrei des Entsetzens entfahren war, er sah nur, dass die Nachtschwester, von irgendetwas alarmiert, aus ihrem Schlaf hochschreckte, sich hektisch dem Patienten zuwandte, gerade als dieser mit einer plötzlichen Bewegung die Decke zurückschlug – als hätte er die Absicht, sein Bett zu verlassen.

10

Für einen Moment hatte ich alles gesehen. Der Raum, der bislang nur durch den Blick auf die Lampe über mir vorhanden gewesen war, öffnete sich in alle Richtungen. Ich saß aufrecht in meinem Bett, blickte aus halber Höhe in das Zimmer und sah die schlafende Frau auf dem Stuhl, Eva. Neben ihr ein kleiner Tisch, darauf eine Lampe und eine aufgeschlagene Zeitschrift. Ich sah seltsame Gerätschaften, die um mein Bett aufgereiht waren, blinkende Dioden und kleine Bildschirme, die einen seltsamen Schein in das abgedunkelte Zimmer warfen. Über vier Kabel an meinem linken Arm war ich mit einigen dieser Geräte verbunden, auch vom Hals hingen Kabel hinab und meine neue Position verursachte ebendort einen beißenden Schmerz. Ich blieb still, um diesen nicht zu vergrößern und rekapitulierte, was ich gesehen hatte, wie viele Begriffe mir zu dem Gesehenen eingefallen waren, deren Lautbilder ich vor meinem inneren Auge entlangstreifen sah. Und dann erblickte ich den Mann, der durch eine der Türen ins Zimmer getreten war und mich wachsam beobachtete. Böger.

Mir strömten die Gedanken des Tages durch den Kopf, Sätze, die ich mir für das Treffen mit Mariska zurechtgelegt hatte, Fragen zu meiner Krankheit, die sich mir seit dem Moment stellten, in dem mir klar geworden war, dass ich siebzehn Jahre lang hier gelegen hatte. Was war mit mir geschehen, damals in der S-Bahn? Und danach?

Doch keine dieser Fragen fand sich in den Bewegungen meiner Lippen wieder, nichts wollte sich zu einem Sinn formen, nicht einmal Töne wollten mir gelingen, nur ein Flüstern ohne Worte, welches mir die Ausweglosigkeit meiner Bemühungen mit jedem weiteren Artikulationsversuch vergegenwärtigte. All das schrie nach einer Tat, mit der ich einen Schritt aus dieser kümmerlichen Unbeholfenheit wagen würde, hinaus aus alldem hier, aus dem Bett, aus dem Raum – und für mich selbst überraschend packte ich die zu einem Wulst aufgestockte Decke vor meiner Brust und hörte den Mann, Böger, in diesem Augenblick jäh aufschreien.

Ein scharfer Riss fuhr in den Raum, und ein nicht sichtbares Tageslicht flutete das Zimmer, blendete mich und ließ die Dinge um mich herum in einem Tempo ablaufen, das meine Wahrnehmung überforderte. Mir blieb nur, aufgerichtet im Bett zu verharren, gelähmt vom Schrei des Arztes, unschlüssig, ob ich am Ende selbst in diesen Schrei mit eingestimmt hatte.

Die Braunüle am Unterarm schmerzte, auch nachdem mich Eva wieder in meine alte Liegeposition zurückgebettet hatte. Ich spürte etwas Fremdes in meiner seltsam tauben linken Hand, die unter der Decke im Dunklen ruhte. Was ich dort umklammerte, gab mir das Gefühl, die Situation unter Kontrolle zu haben, nach Belieben die Fäden meiner Wahrnehmung zu ziehen. Und plötzlich erinnerte ich mich an die

Geschichten, die von dieser Hand geschrieben worden waren und an einige, die noch auf Anfang und Ende warteten. Der Mann, Böger, nickte der Schwester zu. Man hatte mich zurückgeholt.

Sie betrachtete den plumpen Körper neben sich, der nach unaufhörlichem Umherwälzen in das komplette Oberbett eingewickelt war, aber endlich schlief. Jörg hatte sie etliche Stunden wachgehalten, zunächst durch sinnlose Gespräche, die sich ständig im Kreise drehten, dann durch unruhige Schlafversuche, die ihn sich von links nach rechts und wieder zurück über das Bett wälzen ließen, bis sie ohne Zudecke im Bett lag und fror. Der Schlaf hatte seinen massigen Leib zur Ruhe gezwungen, aber sie ahnte, es würde ihr heute Nacht trotzdem nicht mehr gelingen einzuschlafen, die Unruhe in ihr war mehr als der Ärger über den Mann in ihrem Bett.

Ihr ging die Frage durch den Kopf, ob das Gefühl des eigenen Todes ein sanftes oder schmerzhaftes oder überhaupt ein Gefühl ist, wie das Sterben über einen kommt und wann man es als sein Sterben erkennt. Wie es sich anfühlt, seine Augen zu schließen, wenn die schwindende Kraft die Gewissheit gibt, dass sie sich nie wieder öffnen werden? Aber sie erinnerte sich, dass Böger darum gebeten hatte, die Perspektive eines reanimierten Patienten nie auf das Jenseits zu richten, sondern in den Gesprächen stets das frühere Leben aufzugreifen.

Man solle es sich so vorstellen, hatte Böger ausgeführt, als wenn jede reaktivierte Erinnerung ein Impuls an den Atmungsapparat des Patienten sei, wieder in den alten Takt zu finden. Die Erinnerung an die Zeit des eigenen Todes sei hingegen ein Stolperstein, der den wiedergefundenen Rhythmus vehement attackiere und im schlimmsten Fall zum Kollaps des Patienten führen könne. Sie solle mit ihrem Vater vor allem über Erlebnisse reden, die ihr von ihrer Mutter erzählt worden waren, angenehme Dinge aus der Zeit, die sie gemeinsam miteinander verbracht hatten. Doch da gab es nicht viel zu sagen. Ihr fehlten die sich einander zu etwas Benennenswertem verbindenden Bilder und Worte. Stattdessen drängten sich Belanglosigkeiten und Erlogenes zurück. Vielleicht war Jörg, der jetzt zu schnarchen begann, in der Tat der Richtige für all dies: das Erinnern, das Wühlen in der Vergangenheit, das Plaudern. Sie jedenfalls nicht.

Sie rupfte ein Stück der Bettdecke aus Jörgs Umklammerung, um sich gegen die lästig werdende Kälte zu schützen, und ekelte sich etwas vor dem aufbegehrenden Schmatzen, mit dem Jörg im Schlaf gegen diese Störung protestierte. Und als wenn das Geräusch seines Mundes ihr einen Anstoß gegeben hätte, die eigene Mundhöhle wahrzunehmen, bemerkte sie mit einem Mal, dass sich ein Haar an ihren Gaumen klammerte. Sie versuchte, es mit dem Zungenrücken nach vorne zu bewegen, zweimal von einem kurzen Würgen übermannt. In dem Moment, als sie es mit ihren Lippen zu fassen bekam, spürte sie, dass es bereits weit in ihren Rachen hineingerutscht war. Es kitzelte tief unten, als sie das erschreckend lange Haar schließlich aus dem Mund hervorzog. Wie ein überdimensioniertes Schamhaar, dachte sie, derweil sich der düstere Fang auf ihrer Handfläche kräuselte.

Kruschke war betrunken. Schon während des Treffens hatte er sich, vom angenehmen Verlauf des Gespräches angespornt, bei den Getränken nicht zurückgehalten. Nachdem sich der Medienberater verabschiedet hatte, weil sein Chauffeur – tatsächlich ein Chauffeur! – eingetroffen war, hatte sich Kruschke mit geleertem Glas an die Theke gesetzt, um gut gelaunt noch einmal jenes Getränk zu bestellen, welches ihm sein Gesprächspartner zu Beginn empfohlen hatte und das Kruschke seither, ohne den Namen des Drinks behalten zu haben, in einem fort nachgeordert hatte: »Noch einmal dasselbe, bitte!«

»Jetzt muss es aber langsam mal genug sein …!«, dachte Kruschke und nickte dem Kellner einen Dank für den neu servierten Drink entgegen – den wievielten überhaupt? Sollte er morgen früh die Tochter des Patienten mit einer Alkoholfahne begrüßen, hätte er sich rekordverdächtig schnell als Projektleiter disqualifiziert, keine Frage. Gleichzeitig war Kruschke sich unsicher, ob die in diesem Getränk zusammengemischten Alkoholika nicht genau zu jenen zählten, an die am folgenden Morgen unweigerlich eine Fahne erinnern würde. In einer anderen Bar hätte man den Kellner nach der Zusammensetzung des Drinks fragen können. Aber in diesem Laden war man zu sehr um Stil bemüht. »Ich zahle dann auch!«, lallte Kruschke stattdessen dem Mann hinter dem Tresen zu und war überrascht, zu erfahren, dass sein Gesprächspartner vorab dem Personal zugesichert hatte, für die komplette Rechnung aufkommen zu wollen. Als Opfer einer Spendierfreudigkeit diese Bar zu verlassen, machte Kruschke verlegen und er schämte sich, in der seinem Gönner irgendwann zukommenden Rechnung dokumentiert zu wissen, mit welchem Überschwang er die Ergebnisse ihres Gespräches noch allein am Tresen gefeiert hatte. Zudem war es ihm jetzt unangenehm, hierbei kein einziges Mal von der Getränkeempfehlung des Medienberaters abgewichen zu sein. Etwas willfährig, maßlos sowieso. Kruschke hatte dem Mann gegenüber auch noch erwähnt, am nächsten Morgen einen wichtigen Tag in der Klinik zu haben. Auf der Rechnung würde nun eine Uhrzeit stehen, die angesichts dessen recht unziemlich erscheinen musste. Aber was wusste Kruschke schon davon, mit welchem Maß in den Kreisen seiner neuen Bekanntschaft gemessen wurde. Er schob dem Kellner einen Zehner als Trinkgeld herüber, welchen dieser zunächst pro forma zurückwies, der von Kruschke aber stilsicher auf dem Tresen liegen gelassen wurde. Der Medienberater schien hier Stammgast zu sein und Kruschke wollte nicht, dass die Meinung des Kellners durch unnötige Kleinlichkeiten eingefärbt sein würde, falls das Gespräch beim Begleichen der Rechnung auf den trinkfreudigen Arzt kommen würde.

Nie hätte Kruschke derartige Summen für möglich gehalten, die ihm sein Gesprächspartner ganz selbstverständlich für Exklusivfotos und -interviews mit dem Patienten in Aussicht gestellt hatte. Er musste sich eingestehen, dass die Ungestümheit, mit der er Böger zu einer rascheren Information der Presse gedrängt hatte, von größter Naivität zeugte. So viel war ihm in dem Gespräch heute Abend klar geworden. Hatte Böger etwas gewusst von den Summen, die hier auf dem Spiel standen? War seine Zögerlichkeit nur wohlfeiles Taktieren gewesen?

Nein. Kruschke hielt es für ausgeschlossen, dass Böger eine Ahnung von alldem gehabt hatte. Dies bedeutete, Vorsicht mit Kalkül zu verwechseln. Der neue Leiter des Projekts Schelling schmunzelte nicht ohne Stolz über das, was er mit einem kurzen Gespräch angeleiert hatte. Soeben war die Ausgangslage geschaffen worden für eine optimale mediale Aufbereitung und Verwertung des Themas, hostiert von einem wahren Profi, der Kruschke diese ungewohnten Vokabeln zur weiteren Gedankenführung überlassen hatte. Begriffe, die wie glitzernde Halbedelsteine die Pläne der nächsten Schritte schmückten und mit Bedeutung aufluden. Kruschke fühlte sich bestens gewappnet für den morgigen Tag, für die Gespräche, die er im Team und mit der Tochter des Patienten führen würde. Alles, was ihn sorgte, war, dass er morgen früh eine Fahne haben könnte.

11

»Gute Güte, hier riecht's ja wie im Obdachlosenasyl!« Böger nahm sich heraus, seine Kränkung mit dem hastigen Öffnen der Fenster zu unterstreichen. Etwas überzogen und alles andere als fair, aber Kruschkes Büro war tatsächlich von einem Dunst durchzogen, der der im Raum befindlichen Luft einen schweren Alkoholgehalt verlieh.

Eigentlich kannte Böger den Kollegen als die Vernunft in Person, als jemanden, der zu dröge und gewissenhaft war, auch nur bei einer der internen Feierlichkeiten, die den Zweck hatten, den Rahmen des Beruflichen zu durchbrechen, eine dem Anlass angemessene Trinklust an den Tag zu legen, wodurch Kruschke stets ein Hemmnis für Ausgelassenheit im Kreise der Mitarbeiter war.

»Hast du gestern gefeiert?« Alles andere als hierüber Verwunderung auszudrücken, wäre einer Verleugnung der bisherigen Erfahrungen mit dem Kollegen gleichgekommen.

Kruschke murrte einen genervten Protest, aber es war ihm anzusehen: Er fühlte sich ertappt, und Bögers Frage sorgte für hektische Flecken in seinem Gesicht. Was für eine arme Wurst, dachte Böger. Er beobachtete, wie Kruschke eine Kaugummipackung aus seinem über den Schreibtisch geworfenen Sakko klaubte, mit fahrigen Bewegungen einen Streifen hervorzog, ihn hastig aus dem Silberpapier schälte, um dann im Stakkato die Minz-Aromen aus der Kaumasse zu lösen.

»Du weißt aber schon, dass die Tochter heute die Visite begleiten wird?«

»Bin ja nicht blöd!«, patzte Kruschke zurück. Der Bogen von Bögers Ermahnungen schien ihm offenbar überspannt. Er schritt energisch zum Waschbecken, spuckte den Kaugummi zielsicher in den nebenstehenden Abfallbehälter und bedachte eine vermutlich erst heute auf der Ablage deponierte Zahnbürste mit etwas Paste. Extra-Frische versprach die Aufschrift der bislang unbenutzten Tube. »Was machst du denn schon hier?«, gurgelte Kruschke zwischen Bürste und Pastaschaum hervor, als ob er den ungünstigsten Zeitpunkt abpassen wollte, seine Aussage auch verständlich zu formulieren.

»Im Grunde genommen bin ich *noch* hier.« Böger stand wieder die zurückliegende Nacht vor Augen, er erinnerte sich an die seltsame Begegnung mit dem aufrecht sitzenden Patienten, dessen Anblick ihn gefesselt und auch später nicht mehr losgelassen hatte, sodass er noch mehrmals im Laufe der Nacht in das Zimmer hineingeschlichen war, mit der fortan stets auf ihrem Posten wachenden Nachtschwester verständige Blicke austauschend. Der Patient hatte nach dem Zwischenfall weitgehend ruhig geschlafen und war nur einmal kurz verkrampft, ohne dabei zu erwachen. Trotzdem gärte in Böger die Ahnung, dass etwas mit dem Mann nicht stimmte, ihnen etwas entging, sie alle etwas übersahen, das allmählich aus dem Ruder lief und sich zu einer Katastrophe aufstaute. Es war nur eine Intuition, aber Böger sah sie durch das Verhalten des Patienten bestätigt. Er musste Kruschke darauf hinweisen, hätte ihn bereits darauf hingewiesen, wenn der Kollege einen etwas aufnahmebereiteren Eindruck vermittelt hätte.

Da war etwas in dem Blick des Patienten gewesen, das es Böger unerträglich machte, dem ersten bewussten Zusammentreffen von Tochter und Vater nicht persönlich beizuwohnen. Vielleicht, weil er sich die Kompetenz zusprach, bei Komplikationen die richtigere Entscheidung zu treffen, mehr aber wohl, weil Böger sich eine Art Beruhigung und Entwarnung versprach, die seinen endgültigen Abschied vom Projekt Schelling besiegeln könnte. Es war ärgerlich, für die unruhigen Stunden der zurückliegenden Nacht mit Übermüdung zahlen zu müssen, die ihn spätestens heute Nachmittag bei der Verabredung mit Marlies übermannen dürfte. Er sah auf die Uhr, wusste, Marlies würde in diesem Moment ihre für die kommenden zwei Tage ausgewählten Blazer und T-Shirts bügeln, einige mehr, als sie in der Zeit ihres Aufenthalts tatsächlich tragen konnte, zwischendurch würde sie ein Taxi bestellen, weil ihr die Minuten des bewussten Zusammenpackens zu wichtig waren, um durch eine U-Bahnfahrt verschwendet zu werden. Marlies würde all dieser Vorbereitungen und Mühen wegen von Böger uneingeschränkte Aufmerksamkeit für die Dauer ihres Aufenthalts beanspruchen und keinerlei Verständnis für seine Erschöpfung zeigen. In solchen Dingen konnte sie unnachgiebig sein.

Kruschke spuckte die schaumig geschlagene Zahnpasta ins Becken: »Kommst wohl doch nicht ganz los von der Sache, was?«

Er beobachtete im Spiegel, wie Böger einen Werbeknautschball von der Schreibtischablage nahm, der leicht zu überzeugenden Menschen zur Stressbewältigung dienen sollte. Kruschke wusste, dass Böger solche Dinge nicht weniger belächelte als er, aber für eine Übersprunghandlung schien dieser Ball ein willkommener Halt. Mit zurückgewonnenem Selbstbewusstsein blickte sein Gegenüber auf und suchte den

Augenkontakt über den Spiegel: »Ich denke, ich sollte heute Morgen dabei sein.«

Kruschke drehte den Wasserhahn auf, weiter als nötig, spülte unter dem Schwall seinen Mund aus und ließ sich das kühler als sonst erscheinende Wasser über sein Gesicht laufen.

»Ja, daran hatte ich auch schon gedacht. Ich wollte dich nicht darum bitten, aber es ist gut, dass du dabei bist, unbedingt. Habe bislang irgendwie keinerlei Draht zu der Kleinen aufbauen können. Sie vertraut mir nicht.«

Kruschke trocknete sein Gesicht an einem der an der Garderobe hängenden Kittel und warf ihn betont lässig in den Wäschekorb. Dann fuhr er fort:

»Ich denke, die Begegnung mit dem Vater könnte das Fräulein auf Linie bringen. Sie macht bislang nicht den Eindruck, als würde sie realisieren, was hier momentan geschieht und welche Konsequenzen sich für sie daraus ergeben. Wir sollten sie nun ein für allemal in die Verantwortung nehmen.«

Böger nickte. Er schien weitestgehend mit Kruschkes Kampfansage übereinzustimmen, aber es war unübersehbar, dass ihm noch etwas auf der Seele brannte.

»Hältst du es nicht für etwas voreilig, den Patienten vollständig zu eigenen Bewegungen zu animieren?«

Das war es also. Kruschke hob abwehrend die Arme in die Luft: »Voreilig, ja! Natürlich. Wenn dir daran gelegen ist, gebe ich frei heraus zu: Es hat sich als ein verfrühter Schritt erwiesen – ich kenne die Zahlen! Aber all das wüssten wir nicht, wenn wir diesen Schritt weiterhin unterlassen hätten, es nicht gewagt und ausprobiert hätten! Mögen die Resultate noch so ernüchternd sein – es bestand zumindest eine begründete Aussicht …«

»Er hat sich aufgerichtet, in der Nacht.«

Er schob dem Kollegen die Auswertungen der letzten Nacht über den Tisch. Wie ein gefangenes Wildtier umstrich Kruschke das dargebotene Futter. Böger wusste, über welche Passagen sein Gegenüber stolpern würde und hätte dessen Reaktion auf die Sekunde voraussagen können.

»Was ist da passiert?«, murmelte Kruschke wie auf ein vereinbartes Zeichen.

»Ja, unser Mann hat heftig hyperventiliert. Er verdaut irgendwelche Urängste, scheint es. Hat sich aber schnell wieder gefangen, wie du siehst …«

»Seine Hände …?!«

Böger musste sich nicht ohne Neid eingestehen, den Zusammenhang zwischen dem Verkrampfen der Hände und der Panik des Patienten deutlich weniger schnell erfasst zu haben als Kruschke, der ihn nichtsdestotrotz mit fragendem Blick um Erläuterung bat. »Ich kann's mir nicht erklären! Hier scheint ganz offensichtlich der Auslöser seines Anfalls zu liegen, aber … Die Hände waren leer, ohne Verletzungen – ich habe keinen Schimmer, was sich da in seinem Kopf abgespielt hat.«

»Und er hat aufrecht im Bett gesessen? Sich eigenständig aufgerichtet?«, hakte Kruschke nach.

Böger stockte. Er gefiel sich nicht in der Rolle des Ratsuchenden. Aber plötzlich spürte er eine seltsame Vertrautheit mit dem ewigen Konkurrenten, die sich einen Weg durch lang gepflegte Dämme suchte. Die Fronten der letzten Wochen bröckelten. »Es war geradezu furchteinflößend, ihn dort sitzen zu sehen.«

Kruschke sah seinen früheren Vorgesetzten prüfend an. Der zuckte ratlos mit den Schultern zur nochmaligen Bekräftigung, hier kein arglistiges Spielchen treiben zu wollen.

»Immerhin zeigt es uns, dass er in der Lage ist, die neu erschlossenen Ressourcen auch zu nutzen.« Es lag nichts Rechthaberisches in Kruschkes Fazit. Dafür war die gemeinsam empfundene Ratlosigkeit zu mächtig.

Eva zog mir die Decke akkurat bis ans Kinn und richtete die Zipfel an den Seiten des Bettes aus. Mit geübtem Handgriff strich sie über die aufgeplusterten Wellen.

»So! Wir wollen ja, dass Ihr Besuch auch einen guten Eindruck von uns hat, nicht wahr?!«

Ich nickte. Unter der Decke hämmerte das Kabel an meinem Hals spitze Schmerzen in meinen Kreislauf.

»Da haben Sie sich aber ein böses Hämatom erzappelt!«, hatte mir Eva verraten und behauptet: »Sie wollten sich doch schonen und nicht mehr herumzappeln!«

Ich lag also ganz ruhig und genoss die Kühle der frisch bezogenen Bettdecke, in die ich mein Kinn senkte.

»Freuen Sie sich denn nicht, Ihre Tochter wiederzusehen?«

In einer der Lampen über mir hatte am Morgen ein nervöses Flackern eingesetzt. Es beruhigte sich jedes Mal wieder, kehrte aber in immer kürzer erscheinenden Intervallen zurück. Alles war so weit entfernt. An wie vielen Erlebnissen von Mariska hatte ich keinen Anteil genommen, wie oft hätte ich sie ermuntern können, wie zu ihren ersten Schritten, bei denen ich schließlich doch überrascht gewesen war, als sie ohne meine Unterstützung gegangen wurden? War es in unseren späteren Gesprächen jemals um mehr gegangen als die Frage: »Wer kommt in meine Arme?«

»Tss, diese elenden Lampen, ewig kaputt!«, schimpfte Eva und starrte nach oben. »Das müssen die aber vorher noch richten ...«

Als sie endlich den Klinikparkplatz auf der Suche nach einem freien Stellplatz umrundeten, dachte sie an Bögers Hinweis, die Lebenserwartung eines Reanimierten könne prinzipiell nicht allzu hoch angesetzt werden:

»Vordergründig mag das Äußere Ihres Vaters dem Aussehen eines Mannes Ende dreißig entsprechen, aber wir können leider nicht davon ausgehen, dass ein Wiederbelebter einfach an dem Punkt anknüpft, an dem er aus dem Leben geschieden ist. Es wäre auch zu optimistisch, die siebzehn Jahre einfach zu seinem erreichten Alter zu addieren, da die Schädigungen des Körpers während der Konservierung gravierender sein dürften als die positiven Effekte einer Ruhezeit ausgleichen könnten. Wir sollten von rund zwanzig zusätzlichen Lebensjahren ausgehen, die ihrem Vater geschenkt werden.«

Doch die Sorge um die Gesundheit und das Leben ihres Vaters war in diesem Moment von der Furcht überstrahlt, ihm alles erklären zu müssen, was in den letzten siebzehn Jahren vorgefallen war. Dass es die Entscheidung ihrer Mutter gewesen war, ihn nicht sterben zu lassen. Dass Mutter aber nicht mehr lebte, die gemeinsame Wohnung aufgegeben und das Haus abgerissen worden war. Viele der Freunde waren über die Jahre verschollen, und sie wusste von den wenigen verbliebenen Verwandten kaum etwas zu berichten. Der Erfolg der Bücher hatte zu Begehrlichkeiten und einigen Zerwürfnissen innerhalb der Familie geführt, unter denen sie aber schon lange nicht mehr litt. Und nun gab es Jörg, der ihren Vater viel besser kannte als sie selbst. Alles war sehr schnell gegangen.

Sie kam sich vor wie ein Kind, das die Abwesenheit seiner Eltern über Gebühr ausgenutzt hatte und nun deren Rückkehr aus den Ferien entgegensah.

»Da kommen sie endlich!«, kündigte Böger dem in die Patientenakten vertieften Kruschke mit Blick auf den Klinikparkplatz an. Der Kollege sah überrascht zu ihm auf.

»*Sie?*«

Die Aufrichtigkeit der Nachfrage beruhigte Böger. Das Mädchen hatte sich also eigenmächtig entschlossen, entgegen der Abmachungen eine fremde Person in die Sache einzuweihen. Es war absehbar gewesen, dass dies irgendwann geschehen würde. Böger hätte allerdings darauf getippt, sie würde die von ihr bei einigen Gesprächen erwähnte Freundin in den Kreis der Informierten einschleusen. Nun war es irgendein schludriger Typ, der an ihrer Seite den Parkplatz überquerte.

»Ja, sie hat einen Freund dabei«, antwortete Böger mit kritischer Stimme.

»Ich dachte, das Fräulein sei solo?!«

»Ist sie meines Wissens auch. Vielleicht einer dieser Zuhör-Freunde, die sich Frauen manchmal leisten.«

Kruschke trat ebenfalls ans Fenster, gerade noch rechtzeitig, um einen kurzen Blick auf das Paar zu werfen, bevor es unter dem Fensterrahmen dem Sichtfeld entschwand. Er grinste.

12

Der Mann musste von der Seitentür aus an mein Bett gerollt sein, während ich geschlafen hatte. Das erkannte ich nicht allein deshalb, weil die sonst immer geschlossene Tür zu meiner Rechten offen stand, sondern auch daran, dass er überhaupt so nah an mein Bett kommen konnte, ohne zuvor von mir bemerkt worden zu sein. Das leise Knacken im Schloss der Eingangstür wirkte zuverlässig wie ein Wecker. Sobald jemand die Klinke hinunterdrückte, riss es mich aus jedem Schlaf und bewahrte mich davor, über eine plötzlich im Raum befindliche Person zu erschrecken.

Der Fremde saß in einem einfachen Rollstuhl, wippte, vielleicht von einem Nervenleiden angetrieben, mit dem Oberkörper rhythmisch vor und zurück, ohne seinen Blick auch nur einen Moment lang von mir abschweifen zu lassen. Er schien von einer schweren Krankheit durchdrungen, grau, ein im Verfall begriffener Körper mit fahler Haut und schütterem Haar, das weniger auf ein hohes Alter als auf den nahenden Tod hinwies. Aber in den Augen des Mannes blitzte etwas auf, und ein Lächeln durchzog das blutleere Gesicht, als er erkannte, dass ich aufgewacht war.

»Das nenne ich einen gesunden Schlaf«, knatterte er heiser los. Sein Atem roch frisch. Nach Minze. Nach Chlor. Nach Inventar. Der Alte kicherte stumm in sich hinein.

Ich war noch nicht wach genug, um selbst Worte zu bilden. Meine Hilflosigkeit mochte auf den Alten wie eine Frage gewirkt haben. Er wandte sich mit unentschlossenem Gemurmel zurück in Richtung Seitentür. »Das Nachbarzimmer! Wir … wir sind sozusagen Nachbarn.« Wieder durchzitterte ein lautloses Kichern seine letzten Worte. »Es ist schön, dass es mal wieder jemand geschafft hat, ja …«

Diesmal schaute ich ihn tatsächlich fragend an und richtete mich aus dem Kopfkissen auf, damit mein Gegenüber meine Blicke besser beobachten konnte. Er las in meinen Augen, erkannte nicht ohne Verwunderung meine Ahnungslosigkeit und flüsterte mit nicht gegen mich gerichteter Verärgerung: »Man hat sie zurückgeholt!«

Mein Gesicht musste verständnislos geblieben sein, denn er fügte hinzu: »Tot!«

Der Alte presste das Wort mit einem Lufthauch hinaus, der mich zusammenzucken ließ. Er nickte wissend, mit dieser Bewegung einen seltsamen Kontrapunkt zum nervösen Schaukeln seines Körpers setzend. »Tot. Das ist ein Wort, das man hier nicht gerne hört. Und man neigt dazu, es auch selbst zu vergessen. Glauben Sie mir, mein Freund, ich habe eine ganze Weile benötigt, bis ich mich wieder an alles erinnert habe. Dass ich tot gewesen bin.«

»Tot?« Es überraschte mich, wie leicht und klar sich das Wort formulieren ließ. Wie souverän ich es mit einer zum Ende gehobenen Betonung als Frage markiert hatte und wie kontrolliert ich seine Laute dem nähergerückten Alten mit einem ähnlichem Hauch ins Gesicht zurückpustete.

Die schnarrende Stimme meines Gegenüber setzte wieder im Tonlosen an, dann presste der Greis seine Antwort hervor: »Ja, was denken Sie denn, was mit Ihnen passiert ist?! Von wo man Sie zurückgeholt hat? Erinnern Sie sich nicht?«

Ich sah wieder das Mädchen vor mir. Die S-Bahn. Die vorbeihuschenden Lichter hinter dem Fenster, in dem sich mein Gesicht spiegelte. Der Alte lehnte sich in seinen Rollstuhl zurück: »Nun, das kommt von selbst wieder. Öfter als uns lieb ist, öfter als uns lieb sein kann. Ein Schatten, der von den oberen Ecken der Fenster den Tag verdunkelt. Sie werden ihn bemerken. Bald.« Er gönnte sich eine Pause, die auch für mich bestimmt war. »Aber Sie werden sich doch noch daran erinnern, wie alles begann? An jenem Tag, dem Zeitpunkt Ihres Todes?!«

Ich sah das Mädchen, das vor der Tür des S-Bahnwagens auf die Einfahrt in den nächsten Bahnhof wartete, sah die Sitzbank gegenüber, bemerkte, wie ich abrutschte und auf dem dreckverklebten Boden aufschlug, auf dem sich größere Partikel und zurückgelassener Abfall als Konturen ausmachen ließen. Ich erinnerte mich an den Moment, als selbst diese Eindrücke meinem Geist entglitten, und wusste nun, was es zu bedeuten hatte. Was all das hier bedeutete.

»In jedem Fall sollte der Begriff ›Tod‹ völlig ausgeklammert bleiben. Es liegt auf der Hand, dass die Erkenntnis, eine Leiche im landläufigen Sinne gewesen zu sein, eine unglaubliche Herausforderung an Selbstwahrnehmung und Körpergefühl darstellt.«

Die Runde schien Kruschkes Ratschlag als Aufbruchssignal zu deuten. Böger bemühte sich, nicht allzu energisch nachzuhaken: »Wenn ich da vielleicht kurz etwas ergänzen darf …« Auch ohne sich zu vergewissern, spürte er den vernichtenden Blick, der ihm von der Seite zugeworfen wurde. »Natürlich sind die siebzehn Jahre, die bei Ihrem Vater seit der bewussten Selbstwahrnehmung und den hiermit verbundenen Erinnerungen verstrichen sind, eine enorme Zeitspanne. Irritationen sind hier geradezu unumgänglich. Insbesondere der Anblick seiner Tochter, die ja noch als Kind im Weltbild verankert ist, wird bereits gewonnene Annahmen der räumlich-zeitlichen Orientierung wieder infrage stellen und die verstrichene Zeit gegenständlich werden lassen. Insofern ist unser heutiges Treffen eine gewaltige Herausforderung. Wir sollten unbedingt alle weiteren problematischen Themen aussparen. Damit meine ich vor allem den Tod der Ehefrau, Ihrer Mutter. Wir müssen uns darauf verständigen, nichts hierauf Hindeutendes zur Sprache kommen zu lassen, auch wenn die Frage nach ihrem Verbleib zweifelsohne aufkommen wird. Versuchen wir also, diese Frage geflissentlich durch Themenwechsel zu übergehen, so konstruiert und seltsam es uns auch erscheinen mag!« Böger nutzte die Pause, um Kruschke einen versöhnlichen Blick zuzuwerfen, bemerkte aber sofort, wie es in dem Kollegen gärte. Tatsächlich wunderte sich Böger über sich selbst, wegen welcher Nichtigkeiten er das Rederecht an sich gerissen hatte. Alles andere als souverän.

»Danke«, fuhr Kruschke nun mit lästerlichem Grinsen in Bögers Gedanken, »ich denke, es sollte sich von selbst verstehen, dass wir mit größter Behutsamkeit und in kleinen Schritten vorgehen.«

»Aber vielleicht sollten wir uns jetzt einfach zum Behandlungszimmer aufmachen! Vieles wird sich von selbst ergeben, wenn wir aufmerksam die Reaktionen des Patienten beobachten und das Gespräch dementsprechend ausrichten.«

Ungläubig rekapitulierte sie Kruschkes Vorschlag. Das war genau diese Art von Empfehlungen, die sich Jörg zusammenzufaseln pflegte, ebenso zweckfrei und nutzlos, nur eine Spur eloquenter formuliert. Sie hatte immer noch gehofft, irgendetwas möge an diesem Morgen vorfallen, das ihr das Aufeinandertreffen mit ihrem Vater vorab als fassbarer erscheinen lassen würde. Nun war klar, dass der Schritt in ein neues Leben blind gegangen würde, und keiner der anderen schien darin ein Problem zu sehen. Sie hatte die Wichtigkeit ihrer Rolle überschätzt. Es war absehbar, dass sie auch nach diesem Nachmittag eine Nebenfigur der Geschichte bleiben würde.

Stühle wurden gerückt. Man besprach sich mit zwei Pflegern, die wie auf ein Signal das Besprechungszimmer betreten hatten, und gab knappe, unverständliche Handlungsanweisungen, die zuvor Besprochenes zu bekräftigen schienen und vom hektischen Nicken der Untergebenen abgekürzt wurden. Dann setzte sich der Trupp in Bewegung.

Der Alte gab mir ein Zeichen, mich ruhig zu verhalten – was kaum nötig erschien angesichts meines rudimentären Sprachvermögens und meiner allgemeinen Lethargie. Er wandte sich gen Tür, horchte in den Raum.

»Erwarten wir Besuch?!«, fragte er.

»Meine Tochter«, sprudelte es ohne Widerstand aus mir hervor. Als wenn die Enthüllungen meines neuen Bekannten mir endlich den Weg gewiesen hätten, zu den Formulierungen zurückzufinden.

Heiser kichernd tätschelte der Alte mein Knie. »Dann gratuliere ich recht herzlich zum erfolgreichen Erwachen, mein Freund! Besuch – das ist ein sicheres Zeichen dafür, das Gröbste hinter sich zu haben. Besucher laden sie immer erst ein, wenn Gewissheit besteht, dass der Patient auch unter den Lebenden bleiben wird. Willkommen zurück, möchte ich damit sagen!«

Seine Augen schienen wie von einem Rausch erfüllt, glanzlos aufgequollen und von feinen Äderchen durchzogen. Die ansteigende Lautstärke, mit der er seine Kommentare intonierte, war mir unangenehm. Doch überwältigt von meinen unbeschwerten Sprachfähigkeiten, suchte ich die Fortsetzung unseres Gesprächs: »Ich wusste nicht, dass so etwas möglich ist?!«

Er grinste mich an: »Nun, möglich ist so manches. Aber da sollte man vor allem jene weniger Glücklichen fragen, die sie hier im Wochentakt durch den Hinterausgang der Klinik abtransportieren. Ja, man sollte mal einen von denen fragen, ob sich der Kampf um ein zweites Leben gelohnt hat und wie es so bestellt war mit den Möglichkeiten!« Er lächelte maliziös in die Leere zwischen uns: »Sie und ich, lieber Freund, wir sind Glückskinder! Vor allem für die Ärzte. Allen ist sehr daran gelegen, dass es uns gut geht!« Er kiekste wie ein kleines Mädchen. »Unsere Gesundheit ist für diese Menschen bares Geld, verstehen Sie?! Es besteht ein großes Interesse daran. Aber gerade deshalb sollten wir uns darauf verständigen, ein Auge aufeinander zu haben. Ich darf doch auf Sie und Ihre Verschwiegenheit zählen, mein Freund?!«

Ich nickte. Eine Spur zu hilflos, was den Alten amüsierte.

»Ich sehe schon, dass wir zwei uns verstehen! Das habe ich von Anbeginn gewusst. Aber dass wir beide ein Team sind, mein Lieber, das sollte unser Geheimnis bleiben. Keiner der Ärzte muss davon irgendetwas wissen! Es gibt da nämlich einen kleinen Schatz, von dem niemand etwas ahnt ...« Er streckte mir seine zur Faust geballte Hand entgegen, öffnete sie und präsentierte mit einem triumphierenden Grinsen einen Schlüsselbund, in Richtung Seitentür nickend. »Leider muss ich wieder hinter mir abschließen. Aber Sie können in den ruhigen Stunden jederzeit an die Tür klopfen. Ich werde Sie früher oder später hören, wenn es meine Ohren nicht allzu schlecht mit uns meinen ... Aber nun wollen wir rasch die Bühne für Ihren Besuch räumen!«

Mit einem krächzenden Juchzer kippte er den Rollstuhl in Rückenlage und drehte auf den Hinterreifen des Gefährts eine Pirouette, wippte nach vorne und wieder nach hinten, drehte eine weitere Pirouette und dann noch eine. »Sie sollten auch nach so einem Stühlchen fragen! Es erleichtert vieles, die Beine bieten nach all dem langen Liegen keine verlässliche Unterstützung.« Der Alte drehte sich, um den Rollstuhl zur Nebentür hin auszurichten, dann katapultierte er sich mit einer einzigen Anschubbewegung exakt bis vor die Tür. Er schaute über die Schulter zu mir zurück. »Auf bald, mein Freund – und viel Glück mit Ihrem Besuch! Es kann eine schmerzhafte Erfahrung sein, gerade an seinen Liebsten zu erkennen, wie verzichtbar man der Welt gewesen ist. Denken Sie immer daran, dass Sie ein Glückskind sind!« Er schoss durch den Türrahmen in den Nebenraum, fuhr ein Stück zurück, um mir noch einmal zuzuwinken und die Tür hinter sich zu schließen. Ich hörte, wie das Schloss schwerfällig und langsam einschnappte, als wenn eine Vorrichtung die Geschwindigkeit bestimmte, mit der die Tür zufallen konnte.

Entgegen dem soeben Beobachteten schien es von meinem Bett aus, als wäre die Tür zum Nebenraum nur nach innen zu öffnen. Ich rutschte mit ein paar Bewegungen meiner Oberschenkel ein Stückchen nach hinten, um mich noch etwas höher aufzurichten, als ein Knacken im Schloss der Haupttür Besuch ankündigte. Eine auf der äußeren Türklinke niedergelegte Hand.

Sie sah zwischen den ihr vorangehenden Ärzten hindurch in das Zimmer, auf das Bett, direkt in die Augen ihres Vaters, die einen ungewohnt wachen Eindruck machten, ganz anders als bei ihrem letzten Besuch. Ihre Scheu, das Zimmer zu betreten, und das Abschreckende des im Bett liegenden Körpers hatten sich verflüchtigt. Vielleicht muss man in solche Situationen einfach hineinstolpern, dachte sie, vielleicht gibt es keine Möglichkeit, sich darauf vorzubereiten. Sie fühlte sich wie betäubt, aber sie spürte, dass sie lächelte, spürte, dass Jörg ihr Lächeln bemerkt hatte, sah, dass er nun gleichsam lächelte, strahlte. Ein seltsamer Schauer durchfuhr sie. Eine warme Welle der Zugehörigkeit. Ein Familiengefühl. Ja, das war ihr Vater. Sie erkannte die Gesichtszüge und was dahinter liegen mochte.

Der Mann im Bett warf einen Blick in Richtung Tür, der alle eintretenden Personen passierte und sich hinter ihnen im Dunkel des geöffneten Ganges verlor. Als würde er jemanden suchen.

»Wie schön, Sie heute Morgen so munter vorzufinden, Herr Schelling! Hatten Sie eine gute Nacht?« Kruschke schaute kurz zu Böger, um zu beobachten, wie dieser auf das von ihm in Anspruch genommene Vorrecht, das Patientengespräch zu eröffnen, reagieren würde. Der jedoch ließ sich nichts anmerken. »Wie Sie sich erinnern, haben wir Ihnen für heute einen besonderen Besuch angekündigt, der Sie erfreuen sollte!«

Kruschke verachtete den sanften Klang seiner Stimme, die bleiernen Rückstände des gestrigen Alkoholrausches, die auf seiner Zunge zu einem pelzigen Timbre veredelt wurden. Und es war die diesem Missfallen geschuldete Pause in seinem Redefluss, die es einem Konkurrenten ermöglichte, mit einem eigenen Wortbeitrag einzuscheren. Einem Konkurrenten, den Kruschke in diesem Raum am wenigsten auf der Rechnung gehabt hatte.

Der Patient stöhnte auf: »Mariska!«

Bögers Blick schnellte auf die Tochter, der der Schreck über den Namen ihrer jüngeren Schwester blitzartig in die Glieder gefahren war, reichte ihr instinktiv eine Hand, vorbeugend, und deutete ihrem Begleiter, für die hierüber hinausgehende körperliche Unterstützung zu sorgen. Er erinnerte sich an Gespräche mit der Tochter, in denen sie erwähnt hatte, sich von ihrem Vater nie im gleichen Maße geliebt gefühlt zu haben wie ihre schon mit knapp zwei Jahren verstorbene Schwester Mariska. Sie plage sich mit Schuldgefühlen herum seit dem Tag, an dem sie ihren Vater am Grab der Schwester hatte zusammenbrechen sehen. Ein Gefühl von Schuld am Tod der Schwester und dem Unglück der Familie, das sie nie habe loswerden können. Welches sich nach all den Jahren aufs Neue rege beim Gedanken an Mariska.

Sie selbst habe als Kind keine Trauer empfinden können, sei zu jung gewesen und erschrocken über die Reaktionen ihrer Eltern, die Tiefe der ihr fremd bleibenden und widerstreitenden Gefühle. Die kleinere Schwester habe ihr zu sehr im Weg gestanden als Konkurrentin um die elterliche Aufmerksamkeit, als dass sie nicht auch den gewonnenen Vorteil für sich erkannt, die entstandene Lücke als eine Chance erblickt habe. Damals hatte Böger ihr versichert, was sie womöglich ihr Leben lang als Antwort auf diese Offenbarung gehört hatte, dass dies übliche und nicht zu vermeidende Eifersuchts- und Neiddramen wären, die ältere Geschwister gegenüber den mehr Aufmerksamkeit beanspruchenden Nachkömmlingen durchleben müssten. Der Tod der jüngeren Schwester in genau dieser Phase habe bei ihr jene mit der Konkurrenz verbundenen Schuldgefühle konserviert, die sich andernfalls über die Jahre von selbst erübrigt hätten. Weil es letztlich nie eine wirkliche Bevorzugung des später geborenen Geschwisterteils gebe, die verspürte Zurückweisung sich immer als haltlos erweise. Das hatte er gesagt. Insgeheim hatten Böger allerdings die Details der Beschreibungen aufhorchen lassen. Auffälligkeiten, die auf eine zumindest seltsam ausgefüllte Vaterrolle schließen ließen und den ob seiner Emotionalität gerühmten Schriftsteller als einen kühlen, in jedem Fall aber unverständigen Vater auswiesen. Das hatte Böger der Tochter nicht sagen wollen.

Und es wäre auch gar nicht nötig gewesen, nach all den Jahren das Verhältnis zu einer lange verstorbenen Schwester aufzuarbeiten, da die wiedererwachende Liebe des Vaters eben nur der einen, ihm verbliebenen Tochter gelten konnte. Nun jedoch war die Neuorganisation dieser Beziehung von einem nicht mehr zu tilgenden Wort gestoppt: Mariska. Ein Stich, der saß und tiefer ging, je länger der Patient Ausschau hielt nach jener Tochter, die bereits vor seinem Tod von keinem Blick hätte wieder aufgespürt werden können.

Böger ahnte, es konnte nicht helfen, zu beteuern, Schelling habe die Namen seiner Töchter einfach nur verwechselt. Dafür rührte der Schmerz zu treffsicher an einer alten Verletzung. Es war tatsächlich Mariska, die der Mann im Krankenbett wiederzusehen gehofft hatte. An die er gedacht hatte, seitdem er wusste, dass ihn seine Tochter besuchen würde. Deren Tod er verdrängt hatte, obwohl er ihm früher stets allgegenwärtig gewesen sein musste. Denn es war ja gerade die Trauer um seine Tochter Mariska, die Schelling in so tiefe Abgründe gerissen hatte, dass er mit einem Buch wie »Greifvogel« eine ganze Generation aufwühlte. Die Katastrophe seiner Biographie, wie er es in einem Interview genannt hatte. So unmöglich es erschien, dieser einschneidende Schicksalsschlag könne sich in seiner Erinnerung aufgelöst haben, so eindeutig suchten seine regenerierten Augen in diesem Moment nach der toten Tochter.

Der kurze, heftige Schmerz, der sie wie aus einem Traum hervorgeschreckt hatte, klang langsam ab und hinterließ Taubheit und Leere. Sie fühlte sich in ihr vergangen geglaubtes Leben zurückkatapultiert, endlich gewahr, wer die Person war, die da vor ihr lag und zu neuem Leben gelangt war. Das verdrängte und tatsächlich vergessene Gefühl des Zurückgewiesenseins, der Ausgegrenztheit, der zweiten Wahl – es stellte sich mit nur einem Wort wieder ein. Mehr war nicht nötig, um aus ihr wieder Mariskas Schwester zu machen, die ältere der beiden Töchter, die Reifere, die gelernt hatte, zu warten und Rücksicht zu nehmen, und lernen musste, dass diese ihr nicht gedankt wurde. Sollte es sie wirklich schockieren, dass ihr Vater nach der toten Schwester fragte und nicht nach ihr? Im Prinzip war es das gewohnte Gefühl, das sie immer verspürt hatte, wenn sie die Nähe zu ihrem Vater gesucht hatte. Ein Gefühl, das sie nach all den Jahren kurzzeitig überraschen, ja, überwältigen konnte, aber doch seiner Rückkehr angemessen war. Diese Person war ihr Vater, hätte es einen besseren Beweis geben können?

Ihre Stimme klang schal und verbittert, als sie schließlich den Mund öffnete, zögerte, einatmete und dann sprach: »Ich bin Lisa, nicht Mariska.«

Lisa. Ich erinnere mich an Zeiten, in denen ich überfordert von dem Drang, Neues zu schaffen, falsche, unfaire Entscheidungen traf, die sich nicht mehr umkehren ließen, weil neue Zwänge keinen Spielraum gewährten. Dieser zerstörerische Eifer des Schaffens, der mir in die Wiege gelegt worden schien, der mich über meine Absichten hinaus lenkte und handeln ließ, Taten und Worte hervorlockte, die schon bald nach Entschuldigungen verlangten, auch wenn ich mich dagegen sträubte und viel zu oft darauf verzichtete. Ich erinnere mich an die Zeit der Feldzüge zwischen Marie und mir, bei denen es um die Eroberung von Terrain auf dem gemeinsamen Lebensentwurf ging, in welchem plötzlich auch dieses Kind landen würde, ein ungewollter Querschläger, der neun Monate lang für einen Waffenstillstand zwischen Marie und mir sorgte – in Ahnung einer Katastrophe, die sich viel gewaltiger auswirken sollte, als ich je zu befürchten gewagt hätte. Ein mir fremd bleibendes Kind in den Armen, das mir neue Verpflichtungen ins Gesicht schrie, die ich von meinen Träumen abtrotzen sollte.

Du kannst ja nichts dafür, hatte ich dem Kind immer wieder in den vielen durchwachten Nächten zugeflüstert, in denen Marie von Müdigkeit übermannt mir den plärrenden Balg in die Arme drückte, sie erschöpft, ich wütend, auch an diesem Tag wieder keinen klaren Gedanken zu Papier gebracht zu haben, aber du, armes Ding, konntest ja nichts dafür. Und doch gab es keine vergleichbaren Hindernisse, die meiner Arbeit entgegenwirkten, keine schwerwiegenderen Störungen und leichteren Erklärungen als eben dich. Du warst zu oft die Ursache für unsere Streitereien, mehr Streitereien, als es je zuvor zwischen Marie und mir gegeben hatte, du warst die ewig neu aufreißende Gletscherspalte, die sich zwischen uns auftat, sobald wir uns in versöhnlicher Absicht annäherten.

Mir fehlte in diesen Tagen die Zeit. Und mir fehlte die Reife, diese Zeit zu haben, wie ich schließlich erkannte, als deine Schwester in meinen Armen lag. In Friedenszeiten geboren. Deren Fingerchen nach meiner Hand griffen, ohne ihr etwas zu entreißen, weil alles mir Teure seinen Platz gefunden hatte und nicht mehr von mir umhergetragen werden musste.

Nur war zu diesem Zeitpunkt schon alles verrenkt und nichts mehr gutzumachen zwischen dir und mir, und ich konnte das Wissen um diese Vergeblichkeit nicht ausblenden. Jede Umarmung, die zärtlich gemeint war, blieb letztlich ein Griff, unter dem ich die Male in deinen Knochen spürte, die misslungene Griffe dort hinterlassen hatten und die auch jetzt meine Finger in die alten, unbeabsichtigten Richtungen wiesen, weil diese Fehler nicht mehr zu entschuldigen waren und noch schlimmer wurden, als dir die Schwester plötzlich wegstarb, innerhalb weniger Tage, wegen einer zuvor nicht erkannten Erbkrankheit, unheilbar krank geboren, todgeweiht ab dem Tag, da ich meine Liebe über sie schüttete, die für zwei Töchter hätte ausreichen sollen.

Und als wir, ein paar Tage nach dem Tod deiner Schwester, nach einer Nacht ohne Schlaf, erschöpft nebeneinander lagen, Marie und ich, sagte ich zu deiner Mutter, als Ermutigung gedacht, aber wohl nur für mich als solche geltend: »Wir sollten wieder ein Kind bekommen.« Deine Mutter hat mich, plötzlich aufgerichtet, geschlagen, mit der flachen Hand. Erst einmal, dann drei- oder viermal hintereinander. Eine kluge Form der Verständigung. Ich war ein schlechter Vater. Beide Male.

Kruschke beobachtete mit Sorge, wie Schellings ausgestreckte Hand ins Leere winkte. Wie er die Tochter mit kaum vernehmbaren, aber für alle verständlichen Rufen näher an sein Bett bat: »Lisa!«

Man konnte die Mühen und Anstrengungen des Patienten auf den Monitoren ausmachen, wo die Ausschläge der Kurven immer häufiger die Farbe wechselten, weil sie Messwerte dokumentierten, die im kritischen Bereich lagen. Nicht derart stark, dass sie die Assistenten und Pfleger zum Eingriff alarmieren würden, aber in der Summe besorgniserregend. Alles drohte zu kippen, wenn nicht in Kürze eine Phase der Entspannung eingeleitet würde. Ihm, Kruschke, käme in wenigen Momenten die Entscheidung zu, ob man das Treffen abbrechen müsse – zu einem Zeitpunkt, an dem mehr zerstört als erreicht wäre. Umso verärgerter verfolgte Kruschke das zögerliche Heranschlurfen der Tochter, die sich nach wie vor weigerte, ihrem Vater eindeutige Zeichen zu geben, die dargebotene Hand auch ergreifen zu wollen. Stell' dich nicht an, du verwöhntes Blag, es geht hier nicht um deinen Stolz, schimpfte Kruschke im Stillen. Sollte jetzt alles daran scheitern, dass sich ein unreifes Fräulein wegen eines verwechselten Vornamens beleidigt fühlte?

Die Hand des Vaters sank wieder auf die Bettdecke. Als Zeugnis seines letzten Aufbäumens gegen die Schwerkraft schnellte die Herzfrequenzkurve nach oben und überschwemmte den roten Bereich. Neben der physischen Anstrengung spielte vermutlich auch die psychische

Kränkung des Patienten hinein. Kruschke fühlte sich geneigt, diese Lisa unter Ohrfeigen zum Bett zu treiben.

»Alles in Ordnung?«, fragte er stattdessen.

Lisa lächelte mit Tränen in den Augen zurück und nickte tapfer. Ja, sie würde die Kraft wohl aufbringen, ihre Enttäuschung zu verarbeiten. Lächerlich. Sie verstand nicht, dass in diesem Moment auf ihr seelisches Gleichgewicht gepfiffen wurde. Aber immerhin tat sie nun die nötigen Schritte, um dem Vater Genugtuung aufs Gesicht zu zaubern und auch ihre Frage »Wie fühlst du dich, Paps?« drückte die Anspannungskurven unter die kritische Marke. Vorsorglich positionierte sich Kruschke so hinter Lisa, dass ein Zurückweichen der Tochter nur über seine Füße erfolgen konnte.

Es tat gut, meine Erinnerungen mit jener Frau verknüpfen zu dürfen, die sich zusammen mit dem Arzt auf mein Bett zubewegt hatte. Egal, wie wenig ihr Gesicht und ihre Stimme zu dem von mir erinnerten Bild meiner Tochter passten – das in den letzten Tagen Erfahrene gab mir Gewissheit, alle Irritation außer Acht lassen zu können. Diese Frau war mir ein Halt, präsent genug, die alten Bilder und Gesichter der Vergangenheit preiszugeben, für die Fortsetzung der Geschichte.

Allerdings gab es eine weitere Veränderung, die sich im Raum ereignet hatte, die ich zunächst nur wahrgenommen, aber noch nicht zugeordnet hatte. Eine minimale Störung des Gesamtbildes der vertrauten Wände, die dem Auge allzu leicht entschlüpfen konnte.

Es war die Tür zum Nebenraum, die sich lautlos um einen Spalt geöffnet hatte. Ein schmaler Spalt nur, im Grunde zu schmal, um als Sichtschlitz genutzt zu werden, trotzdem war ich mir sicher, dass der Greis von dort unsere Versammlung beobachtete. Ab und an war mir, als wenn irgendein metallischer Teil seines Rollstuhls im Türspalt aufblitzte. Ich traute mich nicht, genauer hinzusehen, weil ich die Aufmerksamkeit der übrigen Anwesenden nicht auf den Alten lenken wollte. Stattdessen wandte ich mich wieder meiner Tochter zu.

Lisa beugte sich nun zu mir herab und ergriff meine Hand mit weichen Fingern. Es überraschte mich, wie viel bleicher meine Haut verglichen mit ihren Fingern war. Vielleicht, weil mir die Hände der Schwestern und Ärzte farblich näher kamen, vielleicht, weil ich bei ihnen nie nach einer Ähnlichkeit gesucht hatte. Auch Lisa schwieg im Moment unserer Berührung, sie rang sich die Spur eines Lächelns ab. Man sah den Augen der übrigen Personen an, dass sie sich Worte erhofften, ja, mit Unverständnis unserer Sprachlosigkeit beiwohnten, und es erleichterte mich, dass Lisa es war, die sich dieser Erwartung annahm:

»Du bist lange fort gewesen.«

Wie zur Bekräftigung legte sie nun auch die linke Hand auf meinen Handrücken.

Ich nickte und vergaß, dabei zu lächeln.

Dieser Körper schien wie ein schwarzes Loch, an dem man sich vergeblich abmühte, in dem etwas Totes verblieben war. Sie wünschte sich einen Ruck in ihrem Vater, der ihn aus seiner Apathie hochschrecken lassen und den Blick öffnen würde für all das Fassungslose, was sich hier abspielte, das Wunder. Sie wünschte sich diesen Ruck so sehr, dass ihr alle vorab akzeptierten Grenzen gestohlen bleiben konnten, und sei es nur, um sich hierüber eine neue Bedeutung in der Geschichte zu sichern. Und schließlich hauchte sie also ihrem Vater zu: »Mama ist tot.«

Noch beim letzten Wort brach ihr die Stimme. Im Schluchzen sackten ihre Knie ein, sodass Jörg sie von hinten stützen musste – er allein, wohl weil die vor ihm stehenden Ärzte zu überrascht und entsetzt über Lisas Äußerung waren, zu perplex, um selbst den Zusammenbruch abzufangen.

Sie vermochte nicht zu sagen, ob ihr Vater vor Schreck über das Gehörte seine Hand losgerissen oder ob sie als Erste den Griff gelockert hatte, jedenfalls war diese Verbindung gekappt, als Lisa allmählich schwarz vor Augen wurde und es allerhöchste Zeit war, mit einer letzten Anstrengung den Blickkontakt zu ihrem Vater herzustellen, wollte und musste sie doch die Reaktion in seinen Augen sehen, um nach diesem Tag je wieder eine neue Verbindung zu dem Mann finden zu können. Für einen kurzen Augenblick gelang es ihr ein letztes Mal, den Blick zu schärfen und den Konturen des ihr gegenüberliegenden Gesichtes mehr abzugewinnen als verschwommene Farbfelder. Ihr Vater hatte seine Augen geschlossen. Das war besser als nichts.

Giorgios griff nach der Hand des Patienten, die eben noch von der Tochter gehalten worden war, und prüfte den Puls. Es war ein Maß an Aufmerksamkeit, das über das Notwendige hinausging, eine Irritation im Augenwinkel, die Kruschke aufmerken ließ:
»Was hat er denn da in der Hand?«

Giorgios schaute fragend zu Kruschke zurück – jene typische Angewohnheit von Untergebenen, eine durchaus verstandene Frage zunächst mit einem Blickkontakt zu bestätigen. Sinnlos verplemperte Zeit, die Kruschke mit böser Miene anmahnte, bevor der Assistent schuldbewusst die Finger des Patienten auseinanderfaltete.

»Haare«, stellte Giorgios lapidar fest und blickte Kruschke abermals fragend an.

»Aber doch nicht seine eigenen?« Kruschke ergriff nun selbst die Hand des Patienten und studierte die in der geöffneten Handfläche verstreuten Haare. Weiße Haare. Ein kleines Büschel.

»Das hätten wir wohl mitgeschnitten, wenn er begonnen hätte, sich selbst zu rupfen.«

Giorgios lachte unangemessen auf.

Haare.

»Wir haben Glück – er fängt sich wieder«, meldete der zweite Assistenzarzt nicht ohne Stolz.

»Woher kommen die?« Kruschke ignorierte die bemerkenswert schnell eingetretene Wendung der Krise, so sehr sie ihn auch beruhigte und wieder Boden unter seinen Füßen spüren ließ.

Giorgios schaute ratlos zurück: »Keine Ahnung.«

Kruschke starrte auf die Haare in der Handfläche des Patienten, den regungslos verharrenden Giorgios an seiner Seite. Aus ihm unerfindlichen Gründen beschloss Kruschke schließlich, die Haare an sich zu nehmen. Er bedeutete Giorgios mit einem kurzen Nicken, im Zimmer zu bleiben und machte sich auf die Suche nach den anderen.

Sie hatten Lisa in Bögers Büro geschafft und in den Schreibtischsessel gehoben, ihre Füße auf einen Sitzball gelegt. Sie schien noch immer weggetreten, obwohl Böger es sich ebenso gut vorstellen konnte, dass sie sich hinter diesem Zustand zu verschanzen suchte, um die Konfrontation mit den zu erwartenden Vorwürfen zu umgehen.

»Was um Himmels Willen …?!«

Böger richtete dieses Fragment einer Frage an Jörg, obwohl gerade dem die Ratlosigkeit und Überforderung aus dem Gesicht sprachen. Natürlich, Lisa hatte übernächtigt ausgesehen und in der letzten Woche eine gewisse Patzigkeit an den Tag gelegt, die sich gegen sämtliche Vorgänge in der Klinik und alle Wünsche der Ärzte zu richten schien, die aber ohne Weiteres mit dem plötzlichen Wechsel der Projektleitung begründet werden konnte. Aber ein solcher Angriff auf den psychischen Zustand ihres Vaters in dieser Situation …

Jörg kratzte unbeholfen in seinem Gesicht herum. Das mochte helfen. Es beschäftigte ihn zumindest. Für den Moment ließ die Situation es zu, sich per Telefonat von der Station bestätigen zu lassen, dass sich der Zustand des Patienten unterdessen wieder habe stabilisieren lassen. Ohne weitere Komplikationen

Mehr Glück als Verstand, dachte Böger. Er betrachtete die auf seinem Bürostuhl kauernde Lisa.

Die Frau verstellte sich, daran hatte er nun keinen Zweifel mehr. Sie würde sich sicherlich von ihrem Freund unmittelbar zum Wiedererwachen bewegen lassen. Es war nur Böger, der dem entgegenstand und dessen Anwesenheit die Szenerie störte. Und er war es leid wie nie, sich dies eingestehen zu müssen.

Er griff unverwandt zu Tasche und Mantel, verließ sein Büro, dann das Klinikgebäude und hielt erst auf dem Parkplatz inne. Bereits außerhalb der direkten Gefahrenzone war er kurz davor, sich noch einmal alles anders zu überlegen. Dann schrieb er eine SMS: »Habe früher Schluss gemacht. Werde für heute Abend etwas zu essen besorgen. Freue mich auf dich.«

Teil 2

1

Lisa sah mich mit von Unsicherheit gebremster Euphorie an. »Und, gefällt sie dir?«

Meine Gedanken kreisten noch um die Fahrt im Krankenwagen, die mich von der Klinik durch das Draußen geführt hatte, von dem ich bislang nur dunkle Ahnungen zugelassen hatte, das nun aber fassbar geworden und mir unerbittlich nah gekommen war, obschon mir für die Dauer der Fahrt vorbehalten blieb, im beidseitig sichtgeschützten Teil des Wagens zu liegen. Festgeschnallt, zur eigenen Sicherheit.

Der Rhythmus des Abstoppens, Wartens, Anfahrens hatte auf Ampeln hingedeutet, die in den von uns befahrenen Straßen den Verkehrsfluss regelten.

Ich hatte die Autos der anderen im Parkhaus der Klinik gesehen und später ein weiteres in der kleinen Tiefgarage, von der wir durch eine einfache Stahltür und einen staubig riechenden Korridor in einen hellen Hausflur gelangt und dann ein Stockwerk emporgestiegen waren. Weitere Autos hatte ich auf der Fahrt hören können, unzählige gespürt, wie sie an uns vorbeischossen, wenn wir an Kreuzungen auf eine Abbiegemöglichkeit warteten. All dies war vorhanden und wahr. Es gab Menschen in den Autos und es gab auch Menschen hinter der dritten Tür auf der ersten Etage dieses Hauses, in dem ich fortan wohnen würde. Sie hießen Frölich, ohne »h«, verriet ein Namensschild aus Salzteig, das wie zur Bekräftigung über einem Metallschild angebracht worden war, von dem es ein Artgleiches mit meinem Nachnamen an der mittleren Tür gab, auf die Lisa gezeigt und verkündet hatte: »Hier wohne ich!«

An der ersten Tür links fehlte ein Namensschild, man konnte aber zwei Löcher in der Wand sehen, die inmitten eines hellen Rechtecks auf Schrauben und Schild warteten. Dort wohnte ich. Nun.

»Dann mal hinein in die gute Stube!« Es war Kruschke gewesen, der die Tür aufgeschlossen hatte und die auf dem Flur wartende Runde hereinbat. Der blutjunge Fahrer, von dem ich meinen Blick nicht lösen konnte, ging voran, beladen mit einer großen Tasche, die Ampullen und anderes Material aus der Klinik enthielt. Ich musste immerzu diesen Jungen anstarren, weil er mich an irgendetwas erinnerte, ohne dass ich zu sagen vermochte, was das war. Ich musste mir eingestehen, in den letzten Minuten recht leichtfertig und großzügig mit dem Gefühl des Erinnerns umgegangen zu sein, vermutlich wollte ich diese neue Welt als etwas Altbekanntes betreten, auch wenn ich ein Fremder blieb.

Der Fahrer und Kruschke waren schließlich wieder aus der seltsamen Wohnung verschwunden, hatten sich wie verschämte Eltern zurückgezogen, die einem jungen Liebespaar ein paar Stunden Intimität zugestehen wollten.

In dem kleineren der beiden Räume türmten sich Pappkartons. Die Aufdrucke ließen auf medizinische Utensilien und Gerätschaften schließen, die bereits im Nachbarzimmer auf ihren Einsatz warteten. Auf mich. »Die Kartons werden hoffentlich heute noch abgeholt«, rief Lisa vom Bad her, wo sie sich kurz frisch machen wollte. Ich nickte und ging in das große Zimmer.

Mein Raum. Ein Bett, die Geräte, ein bestücktes Bücherregal, ein zweites Regal mit einer Stereoanlage nebst Fernseher sowie einer Handvoll DVDs und CDs, ein kleiner Esstisch mit zwei Stühlen, auf dem eine Vase stand. »Meine Blumen«, sagte ich so laut, dass es Lisa im Bad würde verstehen können. Das dürfte sie freuen. Zu guter Letzt stand da noch ein Schreibtisch neben dem Bett, vor dem kleinen Fenster, hinter dem die Rollläden heruntergelassen waren. Immerhin: endlich ein Fenster.

Lisa betrachtete sich im Spiegel. Würde ihrem Vater die Wohnung gefallen? In seiner Situation hätte vermutlich auch die luxuriöseste Präsidentensuite kein unbefangenes Gefallen hervorrufen können. Hier ging es um einen Fakt, nicht dessen Ausstattung.

Einen Raum als Rückhalt und Rückzugspunkt zugesprochen zu bekommen – das war nichts, nach dem ihr Vater gefragt oder gesucht hätte, nach alldem, was sie über ihn in den letzten Tagen erfahren konnte. Dennoch war es richtig, mit dem Umzug eine Abnabelung von der Klinik einzuläuten, in deren Abläufe er sich bereitwillig und mit häuslicher Genügsamkeit eingefügt hatte. Ihr Vater gab vordergründig nichts auf die Klinik, aber dort in einem Zimmer zu liegen, war auch eine Entlastung. Eine Phase der herausforderungslosen Entspannung, die er als Alltag zu bewahren suchte.

Auch nach dem Umzug würde die Klinik gegenwärtig bleiben, Einfluss nehmen, Dinge lenken – und dies über einen viel längeren Zeitraum hinweg, als man ihnen bislang eingestanden hatte. Es gab leider Anzeichen, die eine Phase des völlig unabhängigen Lebens für ihren Vater als äußerst unwahrscheinlich erscheinen ließen. Man vermisste neue Erfolge und nachhaltige Verbesserungen seiner körperlichen Verfassung. Einige Dinge entwickelten sich einfach nicht. Zu viele. Und die Erfahrungen mit anderen Patienten ließen darauf schließen, dass mancher Entwicklungsprozess bei ihrem Vater bereits in einer Sackgasse ruhte.

Aber es war vor allem seine geistige Mattheit, die Lisa betrübte – eine sich stetig in seine Gesichtszüge grabende Abgespanntheit, die ihn trotz der unvermindert tapfer durchlittenen Trainingseinheiten nicht willens erscheinen ließ, sein wiedererlangtes Leben auch zu umarmen – es war eine völlige Abwesenheit von Freude in seinem Ausdruck.

Vielleicht lag es an Mutters Tod, der ihm den naheliegendsten Ankerplatz geraubt hatte, sein neues Leben irgendwohin zu steuern. Andererseits war nach Lisas Empfinden die Beziehung ihrer Eltern nie von einer besonders tiefen Innigkeit durchdrungen gewesen. Sie erinnerte sich nur allzu gut, wie Mutter nie müde geworden war, auch dem toten Gatten noch vorzuwerfen, allein für seine Arbeit da gewesen zu sein und hierdurch nicht nur für seinen eigenen frühen Tod, sondern auch für jegliche Form ihres späteren Unglücks Verantwortung zu tragen. Sie hatte Lisa gestanden, sich viel zu oft allein und nicht erwünscht gefühlt zu haben. Ihre Mutter hatte den Büchern die Schuld gegeben.

Ja, die Bücher. Sie hatten sie in der Klinik schon früh auf dem Nachttisch ihres Vaters drapiert, noch bevor man tatsächlich auf eine Wiederaufnahme von Lesetätigkeiten hoffen konnte, ohne größere Ankündigung, wohl vage vermutend, hiermit den Autor wie ein Tierchen aus seinem Bau hervorzulocken.

Ein hilfloser Köder. Nachdem ihr Vater seine Bücher drei Tage lang mit Missachtung gestraft hatte, war der Nachtschwester aufgetragen worden, ihn möglichst unverbindlich darauf anzusprechen. Man begründete diesen Schritt in dem guten Verhältnis, das zwischen dieser Frau und dem Patienten bestünde.

Auch in der neuen Wohnung hatten sie es nicht versäumt, meine Bücher in einem Regal zu verstauen, fadenscheinig von einigen phantasielos ausgewählten Standardwerken gestützt. Nur hatten sie sich diesmal eine Ausgabe meines unvollendeten Romans erspart. Das erkannte ich trotz des flüchtigen Blicks, der genügen musste, um der in diesem Augenblick zurückkehrenden Lisa nicht die Freude an ihrer Blumenüberraschung zu nehmen.

Ich erinnerte mich schamvoll daran, einer Nachtschwester, ausgerechnet Eva, meine Bücher an den Kopf und, als sie daraufhin die Flucht aus dem Zimmer ergriff, in den Rücken geworfen zu haben. Ich hatte damals alle Bücher geworfen, obwohl es nur dies eine hätte sein sollen, das, obschon von mir verfasst, meinen Namen mit verhöhnender Anmaßung als den des Autors auswies.

Diese Bücher, sie waren und blieben bedeutungslos für mich, besonders jetzt, da ich sie als eine Art Sammlung und Bilanz meines alten Lebens vor mir stehen sah. Es wunderte mich, dass diese Menschen nicht aufhören konnten zu glauben, all dies hätte irgendetwas mit mir zu tun. Meine sechs Bücher sagten nicht mehr über mich, als es die Ansammlung aller in meinem Leben getragenen Oberhemden täte. Im Unterschied zu diesen bargen sie nicht einmal eine Erinnerung in sich, sondern begnügten sich damit, um sich selbst zu zirkulieren. Sie waren wie durchgestandene Krankheiten, über die es zu wissen genügte, sie einmal durchlitten zu haben.

Dass es dieses eine weitere Buch geben sollte, das, wie Eva mir damals vorschwärmte, das Beste und Geheimnisvollste sei, was sie je gelesen habe, dass es Hunderte Interpretationen und Spekulationen über sein mögliches Ende gebe, wodurch ausgerechnet dieses Buch – natürlich auch wegen seiner mageren sechzig Seiten – zum meistgelesenen eines ganzen Jahres wurde und nun, rund fünfzehn Jahre später, zumindest das meistgelesene aus meiner Feder geblieben war, all das hatte mich wahnsinnig aufgebracht.

Das Mädchen hatte eine üble Platzwunde unter der linken Augenbraue davongetragen, dort, wo sie einer meiner unschuldigen Romane getroffen hatte. Sie hatte anschließend insistiert, mich nicht mehr sehen zu müssen und wollte auch von einer Entschuldigung nichts wissen, wie Kruschke mir bedauernd dargelegt hatte.

»Also, ich muss schon sagen: Da läuft mir immer ein eiskalter Schauer über den Rücken! Meine Herren, was für eine unheimliche Gestalt! Ich meine, dieser Schelling, also … Wahnsinn, echt!«

Kruschke hasste die Vertraulichkeiten des neuen Fahrers, seine naiv verbrämten Unverschämtheiten. Es hatte etwas Erdrückendes, die offenkundige Unreife des Jungen mit seinem Alter in Verbindung zu setzen. Schon allein seine durch nichts zu erschütternde Unbekümmertheit, den akademischen Grad Kruschkes auszublenden und den Vorgesetzten kurzerhand auf Augenhöhe zu zerren. Kruschke war ratlos, wie diese Avancen zu stoppen wären. Doch trotz der in ihm aufwallenden Wut antwortete er nur: »Es ist ja auch eine äußerst ungewöhnliche Krankengeschichte …«

»Geschenkt! Damit hab' ich gar keine Probleme. Aber, ich meine: Ich habe fast alle seine Bücher gelesen. Und mit Begeisterung gelesen, echt! Bin so was wie ein Fan gewesen. Mit achtzehn, Sie wissen schon, diese Phasen … Aber wenn ich mir jetzt ein paar Seiten aus dem ›Greifvogel‹ vornehme und dann den Typen anschaue, da hab' ich echt den Eindruck, der Tod steckt bereits im Buch. Schon scary, wenn Sie verstehen, was ich meine?!«

Kruschke seufzte.

»Nein, verstehe ich nicht.«

Er ärgerte sich prompt, überhaupt auf das Gespräch eingegangen zu sein.

»Wird es denn noch eine Pressekonferenz geben?«

»Ich denke, wir haben der Presse vorerst genug Informationen geliefert. Nach wie vor gilt: Kein Wort darüber, dass es sich bei dem Wiederbelebten um einen Autor handelt!«

Der Junge lächelte ihn überrascht an.

»Zu niemandem!«, schob Kruschke in strengem Ton hinterher.

»Darauf können Sie Gift nehmen! Ist ja auch nicht gerade irgendein Autor.«

»Und *wenn* es irgendein Autor wäre …«

»Das ist der, der ›Greifvogel‹ geschrieben hat, nicht wahr?!«

Böger nickte. Er war es mittlerweile gewohnt, dass alle anderen Menschen sofort bei dem Namen seines Patienten anschlugen. Seit Schellings Tod war allerdings auch eine Welle der Popularität des Autors ins Land gezogen, die der eigenen Ahnungslosigkeit zu Beginn des Projektes ungleiche Bedingungen stellte. Marlies legte sich seufzend in seinen Schoß.

»Das ist alles so unglaublich!«

»Für uns sicherlich. Aber du solltest mal die jungen Ärzte beobachten. Mit welcher Routine und Abgebrühtheit sie in diesem Fall assistiert haben. Für die ist das alles bereits jetzt nur noch ein Standardeingriff von morgen. Es geht alles so wahnsinnig schnell mittlerweile …!«

Marlies richtete sich auf, um ihm in die Augen zu schauen. Ein Ellenbogen bohrte sich dabei schmerzhaft in seine Hoden, aber der erlittene Schmerz schien Böger gerade noch erträglich genug, nichts an diesem Szenenbild zu ändern, der Situation zuliebe. Seine Ex-Frau wisperte ihm zu: »Aber das ist doch alles unheimlich, oder? Fast schon gruselig …!«

»Vom medizinischen Standpunkt betrachtet …«

»In einer solchen Angelegenheit kann es doch gar nicht nur um einen medizinischen Standpunkt gehen, das muss doch auch von jedem Arzt menschlich gesehen werden. Wenn ich mir das vorstelle: all die Konsequenzen …!«

Böger traf der in Marlies' Worten mitschwingende Vorwurf ins Mark, vor allem, weil sie die Veränderung ihres Tonfalls mit einem weiteren Ellbogenstoß bekräftigte. Es blieb ihm zu wenig Luft und Zeit, selbst den Gesprächsfaden aufzunehmen.

»Wirst du auch solche Projekte übernehmen, wenn du deine Arbeit in der Klinik wieder voll aufnimmst?«

»Nun, von irgendetwas werde ich in Zukunft wohl leben müssen. Und seit diesem ganzen Medienrummel gilt unsere Klinik als *die* Anlaufstelle für solche Behandlungsformen.«

»Aber nicht ausschließlich!« Marlies klang trotzig wie ein widerspenstiger Kater.

»Nicht ausschließlich, aber doch in erster Linie! Und ich gelte nun einmal als eine der Koryphäen auf diesem Gebiet. Da werde ich meinen Wiedereinstieg wohl kaum als Krankenpfleger auf der Herzstation angehen können.«

»Aber sie wissen doch, dass du die Leitung der Abteilung aus Gewissensgründen abgegeben hast?!«

»Das war wegen Timos Tod.«

Sie legte sich endlich wieder flach auf den Rücken, starrte an die Decke. »Ich kann es immer noch nicht begreifen …!«

Böger konnte ihre Gedanken auf seinen Oberschenkeln pulsieren spüren. Es war ihm klar, dass gleich etwas Gewichtiges folgen würde. Marlies holte zu einem größeren Schlag aus. Mit einem Mal verfinsterten sich ihre Augen. »Hättest du es zugelassen, dass Timo wiedererweckt worden wäre, wenn man es dir angeboten hätte?«

Böger zögerte. Ein Terrain mit zu vielen Fallstricken. »Das wäre überhaupt nicht möglich gewesen, dafür waren die Umstände einfach zu …«

Marlies fuhr ihm verärgert ins Wort: »Ich weiß selbst, was die Voraussetzungen für eine Wiederbelebung sind, ist ja schließlich nicht so, dass ich keine Zeitung lese! Aber …« Sie stockte. Diesmal war Böger vorbereitet und vorab ein Stück zur Seite gerutscht, bevor Marlies ihren Ellenbogen wieder platzieren konnte. Sie reckte sich Böger entgegen. »Aber wenn es möglich gewesen wäre?«

»Dann hätte ich es selbst getan.«

Marlies wich seinem Blick aus. »Das hättest du nicht gekonnt!«

»Ich bin kein schlechterer Arzt als die übrigen Kollegen in der Klinik, denke ich?!« Böger ärgerte sich wie ein kleines Kind, dem eine frisch erlangte Fähigkeit von seiner ignoranten Mutter abgesprochen wurde.

»Aber du hast keine Erfahrungen auf dem Gebiet.«

»Es war immerhin mein Gebiet, bevor ich die Projektleitung übertragen habe!«

»Gerade noch rechtzeitig.«

»Vermutlich, ja.«

»Hättest du es getan?«

»Was?«

»Diesen Schriftsteller aufgeweckt?«

Was sollte diese Frage jetzt?! Hatte er ihr nicht bei ihrem ersten Treffen in Stuttgart bereits alles erklärt? Hatte er damals nicht sein Mitwirken am Reanimationsprojekt zeitlich wie fachlich so abgegrenzt, dass es einem Neuanfang ihrer Beziehung nicht im Wege stünde? Er hatte doch all dies extra so weit offenbart, um später nicht über unvermeidliche Enthüllungen stolpern zu müssen. Und selbstverständlich hatte er dabei auch erwähnt, dass das niedergelegte Projekt eine zu weiten Teilen erfolgreiche Wiederbelebung war. Hatte Marlies denn nicht zugehört?

Sie hatte nicht zugehört. Oder zumindest nicht in der Weise verstanden und Interesse gezeigt, wie er es sich erhofft hatte. Und nun stellte Marlies diese längst beantwortete Frage, deren Antwort heute nicht hilfreich wäre. Aber es erschien Böger zu kurzsichtig, sich in Halbwahrheiten zu verstricken.

»Der Fall Schelling war eben jenes Projekt, von dem ich dir erzählt habe. Es unterstand bis zuletzt meiner Verantwortung. Alle relevanten Vorbereitungen sind noch von mir getroffen worden.«

Marlies durchdrang ihn mit einem stechenden Blick, aus dem Verachtung sprach. Und Enttäuschung. Wortlose Sekunden, die sich wie unüberwindbare Barrikaden in diesen Abend reckten. Böger hatte das Gefühl, in die Ecke gedrängt zu werden.

»Aber, Marlies, das wusstest du, davon habe ich dir doch erzählt!«

»Vielleicht hast du mir davon erzählt, aber ich wusste es nicht.« Marlies legte sich wieder in seinen Schoss, diesmal nicht, um Schutz zu suchen, sondern um die Distanz zu Böger zu vergrößern.

Wie sollte sich ein Streit vermeiden lassen, wenn ihre Vorhaltungen sich aller Logik verwahrten? Lag die Schuld an ihm? Wer, zum Teufel, würde das jetzt noch behaupten?

»Es ist nicht meine Schuld, wenn du mir nicht zuhörst!«

Diesmal trafen ihre Ellenbogen wieder ins Ziel, sein Gesicht verzerrte sich, aber es war zu spät, auf diesem Randschauplatz Entschuldigungen einzufordern.

»Du hattest gesagt, du hättest nach Timos Tod alle leitenden Aufgaben ruhen lassen!«

»Die Vorbereitungen im Projekt Schelling reichen um Jahre vor Timos Tod zurück, um Jahre!«

»Willst du damit sagen, du hast an der Wiederbelebung eines Menschen gearbeitet, während sich dein Sohn umgebracht hat?!«

»Wusste ich, was passieren würde?! Timo hat mir seine Pläne nicht vorher mitgeteilt!«

Marlies drückte sich von ihm weg, stand auf und machte schnaubend einige Schritte in Richtung Küche, hielt dann noch einmal inne.

»Du bist ekelhaft«, sagte sie, ohne sich umzudrehen.

Was für eine beschissene Argumentation, dachte Böger.

»Deine Wohnung?«, fragte ich. Es war pure Bequemlichkeit, meine Sätze nur mit den nötigsten Worten zu bestücken. Ich fühlte mich von meinen übrigen Tätigkeiten genug geschwächt, um es guten Gewissens meinen Mitmenschen zu überlassen, aus dem Vorgesetzten ein vollständiges Satzkonstrukt zu entwickeln.

Lisa lächelte mich mit beschämender Wärme an. »Die schauen wir uns dann morgen an. So viel kann ich aber verraten: Sie ist nicht viel größer als diese hier. Besteht auch nur aus zwei Zimmern, Kochnische und Bad. Aber ich mag sie. Man hat nicht viel aufzuräumen, weißt du? Aber du hättest Dr. Böger sehen sollen, als er sie zum ersten Mal betrat – der war richtig entsetzt, weil er wohl gehofft hatte, man könne dich einfach in meiner Wohnung mit unterbringen. So zahlt die Klinik gleich beide Wohnungen. Ist doch toll!«

Lisa sprudelten die Worte mit jener Leichtigkeit hervor, die sie seit einiger Zeit auch in der Klinik zu demonstrieren versuchte. Ich wusste, dass darin der Wunsch und die nicht vorwurfslose Aufforderung mitschwangen, ihr die lang verwehrte Aufmerksamkeit zu schenken, die eine Tochter von ihrem Vater beanspruchen durfte. Das bislang Versagte im zweiten Anlauf nachzuliefern, fiel nicht leicht, weil Lisa stets belangloses Zeug redete und mich die Aussicht, Tür an Tür miteinander das neue Leben zu verbringen, bereits jetzt langweilte.

»Toll, ja«, bestätigte ich ihre Schwärmereien.

Sie merkte, dass mir irgendetwas an diesem Raum, meiner neuen Bleibe, missfiel und griff zu anderen Mitteln, mich zufriedenzustellen: »Ich denke, Jörg wird sich heute Abend noch zu uns gesellen, wenn es dir nicht zu anstrengend wird.«

Ihr Freund. Mein Freund. Der – anfangs noch an Lisa gestützt – nunmehr zum Stützpfeiler der gemeinsamen Treffen zwischen Lisa und mir geworden war. Treffen, die ohne seine Anwesenheit wohl längst in bedrückender Sinnlosigkeit versandet wären. Mir gefiel es, ihn dabei zu wissen, und deswegen gefiel es auch Lisa. Jörgs Anwesenheit entlastete sie, selbst nach Belangvollerem für die Aufrechterhaltung unserer Gespräche fischen zu müssen.

Dieser Jörg stellte Fragen, die Dinge an die Oberfläche hoben, über die ich noch nicht nachdenken mochte, die aber an etwas rührten, auf das alte Gefühle ansprachen. »Denken Sie, wieder schreiben zu können?«, fragte er. »Wollen Sie das überhaupt?«, fasste er auf meine ausbleibende Antwort nach. Oder: »Würde der Drang, wieder schreiben zu wollen, für Sie eine Last oder Motivation bedeuten?«

Lisa schritt dann gern lachend ein: »Ich glaube kaum, dass Paps sich mit solchen Fragen schon unter Druck setzen möchte. Dass du ihn aber auch immer so löchern musst! Warte doch einfach ab, was kommt! Es wird noch so viel passieren …«

Im Anschluss an solche Bemerkungen trafen sich Jörgs und mein Blick oftmals zu einer wortlosen Verständigung, um einander zu signalisieren, irgendwann würde sich schon eine Gelegenheit zu einem ungestörten Gespräch ohne Lisa ergeben.

»Nicht, dass ich jetzt falsch verstanden werde, ich habe nichts gegen Ihren Bekannten, im Gegenteil.« Kruschke sah der Tochter des Patienten allzu deutlich an, wie sich Widerstand in ihr regte, und er genoss diese Situation. Er hatte Lisa ihre Zicken und unkooperative Haltung zu Beginn der Zusammenführung nie verziehen. »Aber ich halte es für bedenklich, gleich am ersten Tag in der neuen Wohnung eine Art Familientreffen zu veranstalten. Jedem Patienten sollten doch ein paar Stunden der Ruhe gegönnt sein, in denen er sich in den neuen Räumlichkeiten akklimatisieren kann!«

Er und Lisa, sie würden in diesem Leben keine Freunde mehr werden, das war von Anfang an klar gewesen, und die Tochter des Patienten hatte mit ihrem Verhalten dieser Ahnung stets und verlässlich die passenden Argumente geliefert. Ein offener Konflikt zwischen Arzt und Tochter stand längst in den Startlöchern. Aber jeder von ihnen hatte sich in den letzten Wochen beharrlich geweigert, die anstehende Konfrontation mit einer weiteren Grenzüberschreitung zu eröffnen, und nun schien man unterschwellig übereingekommen, dass dies auch nicht mehr geschehen müsse.

Die Flamme der schwelenden Streitigkeiten nach und nach zu verkleinern, ja, zum Erlöschen zu bringen, entsprach durchaus den Interessen der Klinik. Sobald die Identität des medial bereits vorgewärmten Patienten erst einmal preisgegeben war, dürften Scheinwerferlicht und Meinungshoheit zum familiären Kreis abwandern. Bis hierher mochten Kruschke und die Klinik als Interviewpartner und Informationsquellen gefragt sein, in Kürze würden sich die Mikrofone der Tochter des berühmten Autors entgegenrecken. Es läge ab diesem Moment in Lisas Hand, die Arbeit des gesamten Teams emotional einzufärben. Jede Beschwerde von ihr würde die in der Bevölkerung gehegte Stimmung gegenüber weiteren Reanimationsprojekten beeinflussen. Der Medienberater hatte hiervor mit Nachdruck gewarnt.

Und trotzdem konnte Kruschke es sich nicht verkneifen, der in seinen Augen indiskutabel unreifen Tochter Reibungspunkte entgegenzuhalten, drängte es ihn danach, jenen zusätzlichen Schritt zu provozieren, der die Explosion auslösen würde. Es war töricht, nach all den Mühen der vergangenen Monate wegen seiner persönlichen Aversion den Erfolg des gesamten Projektes zu gefährden. Es war töricht, sich selbst dem Risiko auszuliefern, in den Interviewstatements dieser Lisa irgendwann als kalt und unsensibel dargestellt zu werden, sich von ihr auf das Bild des ehrgeizigen und ausschließlich auf seine Karriere bedachten Arztes reduzieren zu lassen. Solche Zerrbilder würden nur allzu gern von den Medien aufgegriffen werden. Es war töricht und unnötig, dieser drohenden Kettenreaktion entgegenzupoltern. Aber er tat es, beinahe lustvoll: »Ich wäre dankbar, wenn in Zukunft derartige Schritte und Verabredungen zunächst mit mir abgesprochen werden. Es kann nicht sein, dass hier nach eigenem Belieben Tatsachen geschaffen werden, auf die ich mich als zuständiger Arzt dann einzustellen habe!«

Lisa zuckte zusammen. Die in ihr aufgestaute Wut barg genug Antriebskraft in sich, um endlich reinen Tisch zu machen und Kruschke die Bevormundungen und Unverschämtheiten vorzuhalten, denen sie in den letzten Wochen ausgesetzt gewesen war, die Überheblichkeit der übrigen Klinikmitarbeiter, die ihr als Tochter schnell eine Nebenrolle zugewiesen hatten. Lisa klang trotzig: »Mir war nicht bewusst, dass Jörgs Anwesenheit heute Abend in irgendeiner Weise ein Problem darstellen könnte. Mein Vater mag die Gespräche mit Jörg, und schließlich handelt es sich auch nicht um irgendjemanden, sondern um meinen Lebensgefährten.«

Neben all dem, was diese Worte als die nicht von ihr angestrebten auszeichnete, war Lisa auch das Wort »Lebensgefährte« in den abschließenden Satz gerutscht. Ein Wort, über das sie mehr in Verwunderung geriet als ihr Zuhörer. Und sie musste sich selbstkritisch die Frage stellen, ob hier nicht des schlagkräftigeren Arguments wegen eine neue Wahrheit ans Licht gebracht worden war.

2

Böger war danach, Licht zu machen. Ihm war klar, dass er im Verlauf der kommenden Stunden nicht würde einschlafen können und er ärgerte sich bereits jetzt über die Zeit, die er nun neben der vor sich hin schnorchelnden Marlies verschwenden würde, ohne etwas für sich erledigen zu können. Das letzte Gespräch mit Marlies hatte ihn so aufgebracht, dass er auch nach dem wieder zur Routine gewordenen Geschlechtsverkehr keine Ruhe hatte finden können. Was da in ihm pulsierte, hatte sich während der versöhnenden Beischlafbewegungen im Hintergrund gehalten und drängte sich nach dem physischen Schaulauf wieder vollends zurück ins Bewusstsein, um jedem seiner Versuche zu schlafen, eine jähe Abfuhr zu erteilen.

Böger war hellwach, als er, seiner Schlaflosigkeit zumindest mit einer Geste der Annäherung einen Sinn gebend, seinen linken Arm oberhalb von Marlies' Kopf um ihr Kissen legte. Er war bei klarem Verstand, als er hinter dem Kissen in ein Büschel Haare griff. Eine untrügliche Haptik, wie sie nur wenigen Gegenständen anhaftete, die Böger dennoch zweifeln ließ, richtig gefühlt zu haben, und Erinnerungen hochspülte aus jener Zeit, in der Marlies ihr Haar noch lang getragen hatte, im ersten Jahr ihrer Freundschaft sogar hüftlang, wie auf Fotos festgehalten war. Auf denen sie sich schon bald nicht mehr gefiel und die später nur noch ab und an als Dokumente dienten, die vermeintlich verrückte Zeit von damals zu veranschaulichen. Angesichts Marlies' aktueller Frisur schien Böger das Haarbüschel hinter dem Kissen viel zu lang, sodass die Frage blieb, wessen Haare es waren, in die sich sein prüfender Griff nun zum zweiten Mal krallte.

Ich hatte mich keinen Moment geregt, seit man mich in mein neues Bett gelegt hatte. Aber ich beobachtete. Lisa und Kruschke waren vor einigen Minuten zur Tür hinausgegangen und ich konnte durch die Wand hören, ohne etwas davon verstehen zu wollen, wie sich die beiden in dem kleinen Nebenraum unterhielten. Zur anderen Seite des Bettes kniete der junge Fahrer vor dem Kühlschrank und sortierte gemächlich den auf Kartonpaletten angelieferten Proviant in die Fächer. Lisa hatte es praktisch gefunden, einen Kühlschrank so nahe am Bett stehen zu haben und darauf hingewiesen, dies sei fast genau so wie daheim in ihrer eigenen Wohnung. Ich fühlte mich nach dem anstrengenden Treppenaufstieg wieder kräftig genug, mich aufzurichten und den unbeobachteten Moment für einen Gang durch das Zimmer zu nutzen. Es lag nichts Verbotenes darin, dennoch bemühte ich mich, so lautlos wie möglich mein Bett zu verlassen.

Mit seltsamer Faszination zog mich das Fenster an, das die heruntergelassenen Rollläden verdunkelten. Bald entdeckte ich einen schmalen Spalt zwischen den aufeinanderliegenden Lamellen, der offen geblieben war, weil sich eine Lamelle nicht passgenau auf die unter ihr liegende gesetzt hatte, nicht über die komplette Breite des Fensters jedenfalls, sodass in dessen Mitte einige Sehschlitze den Blick nach draußen ermöglichten. Die Nachmittage waren zu dieser Jahreszeit nicht hell genug, als dass ein verräterischer Lichtstrahl auf die undichte Stelle hingewiesen hätte. Mir war bewusst, irgendjemand hätte andernfalls für die vollkommene Undurchlässigkeit der Rollläden gesorgt.

Kruschke hatte bei unserer Ankunft in der Garage davon gesprochen, dass man nach und nach Ausflüge in die Außenwelt mit mir plane, mich aber meiner eigenen Gesundheit zuliebe zunächst etwas abschotten müsse, was mir aber hoffentlich keine Probleme bereite und nur eine Sache der Zeit sei. Er hatte das nicht als Frage gemeint. Diese Abschottung hatte nun ein Leck, das meine Augen ansog, mich fesselte. Ich änderte die Einfallswinkel meiner Blicke, bis sich in den engen Sehschlitzen nach und nach das Bild einer Wohnstraße zusammenfügte, in der geräumige Doppelhaushälften, finanziellen Nöten gehorchend, für mehrere Familien ausgebaut worden waren. In einigen wenigen Fenstern brannte Licht, und ich konnte Menschen beobachten, die in ihrer Küche beschäftigt oder telefonierend ans Fenster getreten waren. Über die gesamte Länge der Straße hinweg parkten gepflegte Kleinwagen. Auf der Straße selbst war keinerlei Bewegung auszumachen.

Was meine Aufmerksamkeit auf sich zog, war ein vor den Müllcontainern des gegenüberliegenden Hauses abgestellter Rollstuhl. Ich erinnerte mich an den Alten aus der Klinik und wunderte mich, wie spurlos er aus meinen Gedanken verschwunden war, nachdem ich doch eine ganze Zeit lang verzweifelt versucht hatte, zu ihm Kontakt aufzunehmen.

In den ersten Tagen nach unserer Begegnung hatte ich auf ein neues Zeichen von ihm gewartet, später, als ich mich selbständig aus meinem Bett erheben konnte, versucht, durch Klopfen an die Seitentür eine Reaktion zu erwirken. Die Sorge, der Alte wäre zwischenzeitlich verstorben, war schließlich dem Zweifel gewichen, ob es diesen Greis im Rollstuhl überhaupt je gegeben hatte oder ob die Erinnerung an ihn einem Tagtraum entsprungen war. Ich hatte diese Frage für mich behalten, aber stets mit einem darauf gerichteten Interesse die Gespräche zwischen den Klinikmitarbeitern verfolgt, ohne in ihren Äußerungen je etwas erlauschen zu können, was auf einen anderen Patienten im Nebenzimmer hingedeutet hätte. Es hatte auch keine verdächtigen Blicke oder heimliche Zeichen zu erspähen gegeben, mit denen sich Pfleger oder Schwestern über ein Verschweigen des streitbaren Greises verständigt hätten. Ich wollte nicht nachfragen, nicht wegen der Klarheit über seine Existenz den Alten irgendjemandem gegenüber erwähnen müssen. Niemanden vom Klinikpersonal ging unsere Begegnung etwas an, selbst wenn sie nur in meinem Kopf stattgefunden haben sollte.

In das Straßenbild hinter den Lamellen kam Bewegung: Ein Mann richtete sich hinter einem der Autos auf, wo er in Höhe der Rückbank gebückt gestanden haben musste, vermutlich um dort irgendetwas zu verstauen. Er schlug die Tür zu, ging über den Bürgersteig zum Rollstuhl, klappte ihn zusammen und hievte das Metallpaket mit geübtem

Griff in den für diesen Zweck recht klein erscheinenden Kofferraum. In diesem Augenblick erkannte ich auch eine zweite Person, die auf der Rückbank des Autos kauerte. Die Gestalt rührte sich nicht, bis der andere Mann schwungvoll um den Wagen ging und auf dem Fahrersitz Platz nahm. Ich beobachtete, wie sich die Person auf der Rückbank zum Fahrer vorbeugte und diesem etwas mitteilte, vielleicht ein Fahrtziel, kurz darauf scherte der Wagen aus seiner Parklücke.

Bis auf den Rollstuhl gab es keinen Anhaltspunkt dafür, bei der im Wagen sitzenden Person könnte es sich um den Alten aus der Klinik gehandelt haben. Der Rollstuhl auf der Straße war ein viel moderneres Modell als jenes, das ich in der Klinik gesehen hatte und welches ich nun ab und an auch selbst benutzte. Nicht zuletzt machte die Gestalt auf der Rückbank einen kräftigeren und schon deshalb jüngeren Eindruck als der Greis aus dem Nebenzimmer. Trotzdem musste ich an den Alten denken und fragte mich, wieso er hier vor der Wohnung meiner Tochter aufgetaucht sein könnte. Ob er über meinen Abtransport aus der Klinik informiert worden war? Ob er unserem Wagen unauffällig gefolgt war? Oder ob ihm das Ziel von Anfang an bekannt gewesen war? Vielleicht hatte er nach meiner Entlassung nur klug geschlussfolgert und seinen Fahrer zu Lisas Adresse geschickt.

Die hinterlassene Parklücke wirkte in der ansonsten komplett vollgestellten Straße beinahe obszön.

Sie hatte ihren Vater nicht in dieser Ecke des Zimmers vermutet. Seine überstürzte Kehrtwendung weg vom Fenster ließ Lisa zusammenzucken. Sie standen sich stumm gegenüber, aufgeschreckt und gleichermaßen beruhigt.

»Wieso bist du nicht im Bett?«, fragte Lisa, ohne den Vorwurf, der ihrer Frage innewohnte, ausblenden zu können. Ihr Vater seufzte. Wie ein schuldbewusster Schulbub machte er sich in Richtung Bett auf.

»Ich wollte mich in meinem Zimmer umsehen.« Aus seiner Antwort klang ebenfalls ein vorwurfsvoller Unterton. Er ließ sich ächzend auf sein Bett nieder, stöhnte, von der physischen Anstrengung gezeichnet: »Lassen sich die Jalousien nicht hochziehen?«

Böger betrachtete die seltsam fahlen, merkwürdig dünnen Haare in seiner Hand. Seine Augen hatten sich noch nicht an das grelle Licht im Badezimmer gewöhnt und zauberten tote Flecken und Verzerrungen über das Erblickte. Er setzte sich auf den Rand der von ihm aufgeklappt gelassenen Toilette – eine seiner früheren Nachlässigkeiten, die sich schnell in den frischen Alltag des neuen Lebens mit Marlies eingenistet hatte. Bislang wurde dies von ihr nur mit ironischen Ermahnungen bedacht, weit entfernt von der Schärfe und Lautstärke vergangener Tage. Alles nur eine Frage der Zeit, mahnte sich Böger im Stillen.

Diese Haare kamen weder von ihm noch von Marlies, auch wenn beide bereits weiße Haare beieinander entdeckt hatten, die sich wie Fremdkörper im Haupthaar ausmachten, nicht allein ihrer Farbe, sondern vor allem ihrer Konsistenz wegen, unterernährt, sich gegen allen Glanz sträubend. Mochte sein, dass sich Marlies die Zeugnisse ihres Alterns nachts vor dem Zubettgehen auszupfte und Böger in ein zufällig entstandenes Nest dieser Hinterlassenschaften gegriffen hatte. Aber diese Haare hier schienen auf unappetitliche Art älter und verlebter. Und auch bei Licht betrachtet blieben sie zu lang, um von Marlies zu stammen. Böger lächelte bei dem Gedanken, er könnte einer heimlichen Liebschaft zwischen Marlies und irgendeinem Greis mit Künstlermähne auf die Schliche gekommen sein, lächelte aus Verlegenheit, da ihm bewusst wurde, dass ihm diese Haare Angst machten. Er stand auf und spülte sie im Klo hinunter.

Marlies rief vom Schlafzimmer aus nach ihm und fragte, ob alles in Ordnung sei.

»Ich komme!«, antwortete Böger.

Der Abend floss zäh dahin. Lisa hatte Jörg eingeladen und Kruschke die Gelegenheit genutzt, als großzügiger Spender in den neu bezogenen

Räumlichkeiten aufzutreten, indem er den Fahrer zu einem italienischen Restaurant geschickt hatte, von wo dieser mehrere Tabletts Antipasti und Nudelgerichte abgeholt hatte, über die sich nun vor allem Kruschke selbst hermachte. Ich konnte mit der Frage, was ich essen möchte, nichts anfangen, hatte es genossen, in der Klinik die Näpfe zusammengestellt zu bekommen, in ebenjener Konstellation, die jemand für mich und meinen Gesundheitszustand als zuträglich befunden hatte.

So stand ich unschlüssig mit meinem leeren Teller vor den Tabletts und hörte, wie Kruschke etwas zu überschwänglich in den Flur rief, auch der Fahrer möge sich doch bitte bedienen.

»Kann ich dir helfen?«, fragte Lisa von der Seite. Erstaunt drehte ich mich zu ihr um und erkannte mit einem Mal, dass ich meiner Tochter nichts, absolut nichts zu sagen hatte, eine seltsame Fremdheit, die nun, da wir Tür an Tür wohnen würden, noch klarer zu vernehmen war. Auch sie musste das spüren.

Ihre Freundlichkeit hatte etwas Routiniertes, beinahe Professionelles an sich, ein kümmerlicher Rest positiven Gefühls, den sie sich mir gegenüber trotz all der Abweisungen, die sie in ihrer Kindheit erleiden musste, hatte bewahren können. Auch Lisa schien es in diesem Augenblick nicht mehr um einen Neuanfang zu gehen. Sie wollte die Sache irgendwie durchstehen, das war alles.

Lächelnd nahm sie mir den Teller ab, zeigte mit ihrer Gabel auf einen Haufen gegrillter Auberginenscheiben, die vor Öl glänzten und sah mich fragend an. Ich nickte unentschlossen. Lisa beugte sich ungelenk zur Vorspeisenplatte hinunter und schaufelte Auberginen auf meinen Teller. Scheibe um Scheibe, maßlos, wie von Sinnen. Mir fiel nichts ein, was ich hätte entgegnen können, und ich suchte ihren Blick, um sie zum Aufhören zu bewegen oder eine Erklärung zu finden, während sich die schlaffen Auberginenscheiben auf meinem Teller türmten und die auf dem Tablett verbliebenen Scheiben immer weniger wurden.

»Ich hätte gerne auch noch etwas von den Auberginen …«, meinte

Jörg besänftigend und griff ihr von hinten in den Arm. Lisa stellte den Teller aufs Tablett und wandte sich ab, ohne mir ins Gesicht zu schauen, stolperte gegen den Esstisch, an dem gerade der junge Fahrer Platz genommen hatte, und stürzte mit großen Schritten zur Tür hinaus. Jörg hob verlegen die Schultern.

Das Erbrochene roch seltsam. Nach Braten, Bratensauce. Das mochten die Auberginen sein. Erschöpft lehnte Lisa sich gegen die Badezimmertür.

Hatte sie sich überschätzt, dass ihr Körper derart ins Straucheln geriet? War der Umzug ihres Vaters nach all den Geschehnissen der letzten Wochen doch ein Schritt, der sie überforderte? Lisa legte den Kopf in den Nacken, atmete durch. Sie betrachtete die Lampe an der Decke, die sie aus den Katalogen der Möbeldiscounter kannte. Ein Modell, das es seit etlichen Jahren gab und kontinuierlich seinen Weg durch die Haushalte junger Familien machte. Günstig, aber nicht schön. Böger hatte die Möbel für das neue Domizil ihres Vaters wirklich mit größtem Ungeschick ausgewählt. Wie ein dem schnellen Gefallen verpflichteter Student, der sich die Entwicklung von Stil und Geschmack für die fetten Jahre aufsparte. Lisa lächelte gequält.

Sie spürte kalten Schweiß auf der Stirn, fühlte sich elend, dreckig, und wusste, dass die Sache noch nicht ausgestanden war. Mit einem klagenden Seufzer rutschte sie auf ihren Knien zurück zur Kloschüssel.

3

Diesmal war Kruschke sich sicher, die Geräusche korrekt zugeordnet zu haben, und verließ den Tisch, an dem der Fahrer eine lustige Frotzelei um den Auberginenberg auf Schellings Teller angestimmt hatte, die die kleine Runde bei Laune hielt. Aber im Bad wurde gekotzt, was augenscheinlich allein von Kruschke bemerkt worden war.

Vor der Tür zum Bad blieb er stehen, zögerte einen Augenblick, hörte dann abermals ein Würgen und klopfte dezent, leise genug, um die anderen nicht zu alarmieren. Kruschke senkte die Stimme und wisperte beinahe tonlos: »Alles in Ordnung da drinnen?«

Immer noch vermied er es, das unlängst von Lisa und ihm ausgehandelte Du tatsächlich auszusprechen. Seit dieser Absprache pflegten sie beide ihre Sätze stets so zu konstruieren, dass die Entscheidung zwischen einer Ansprache mit Du oder Sie von einer anonymen Phrase umschifft wurde. Was ihre Gespräche insgesamt recht beschwerlich machte.

Nachdem er von drinnen keine Antwort erhalten hatte, drückte Kruschke ohne größeren Optimismus die Klinke herunter und war erstaunt, dass sich die Tür nach innen öffnete. Er wagte es, sie so weit aufzudrücken, wie es nötig war, um seinen Oberkörper zur Hälfte in den Raum hineinzurecken – ein Bemühen um Diskretion, das nur noch Geste sein konnte, aber einen unmittelbaren Rückzug ermöglichen würde. Was Kruschke erblickte, war die komplett entkleidete Tochter seines Patienten, die ihm, über den Toilettenkübel gebeugt, ihren bleichen, in die Backen gesunkenen Hintern entgegenstreckte.

Ein Wirrwarr aus Irritation und Faszination ließ Kruschke länger in der Tür verharren, als entschuldbar gewesen wäre. Und letztlich war es keine Scham, die ihn zum Rückzug trieb, sondern Lisa, die plötzlich ihren über die Toilettenschüssel geneigten Kopf hob, ihn langsam drehte, über ihre nackte Schulter zur Tür sah und Kruschkes Blick fing. Sie grinste böse.

In heller Panik schmiss Kruschke die Tür zu, worauf diese kurz in die Zarge sprang, aber so rasch zurückprallte, dass der Riegel nicht zuschnappte. Ein Tritt von innen warf die Badezimmertür mit einem zweiten Knall ins Schloss. Aus dem Wohnraum rief der Fahrer nach Kruschke und fragte, was los sei. Man hörte Stühlerücken.

In dem Moment drehte sich ein Schlüssel im Schloss der Badezimmertür, was Kruschke erleichterte.

»Suchst du irgendetwas?«, fragte Marlies und Böger zog schreckhaft seine Hand zurück, als wenn sie ihn bei einer verbotenen Handlung ertappt hätte.

Entsprechend schal klang seine Antwort: »Nein, was sollte ich denn suchen?«

Marlies knipste die Nachttischlampe an, um einen Blick auf das Kopfkissen zu werfen, von wo Böger so verdächtig eilig seine Hand weggezogen hatte.

»Was machst du da?«

Böger betrachtete ihre baumelnden Brüste am schräg aufgerichteten Körper und war geneigt, die Decke vom Rest ihres Körpers zu ziehen. Haut. Er wollte jetzt nicht an Haare denken, von denen er, ins Bett zurückgekehrt, wieder welche zwischen Kopfkissen und Bettkante ertastet hatte. Er wollte auch nicht miterleben, wie Marlies, seinem Schweigen die Geduld verweigernd, selbst nachschauen, die Haare unter ihrem Kissen entdecken und Böger nach ihrem Ursprung fragen würde. Er hatte keinen blassen Schimmer.

Böger fasste nach ihren Brüsten, aber Marlies wehrte seine Hand ab und gab ihm zu verstehen, dass sie auf eine Erklärung warte.

»Ich wollte deine Haare streicheln«, gab Böger schließlich mit einer einem Räuspern voranschleichenden Stimme zum Besten.

»Und da fummelst du an der Bettkante herum?!«

Marlies zog sich die Decke schamvoll bis zur Schulter, bedeckte jedoch nur die rechte Brust, wodurch die linke mit der Chuzpe der Freiheitskämpferin nunmehr noch unverhüllter erschien.

»Ich habe deine Umrisse nachgezeichnet.«

Böger spürte, ein Griff an die ihm entgegenstarrende Brust könnte seine idiotische Erklärung glaubhafter erscheinen lassen. Diesmal ließ Marlies ihn gewähren. Aus dem Vorhof stülpte sich die Brustwarze hervor, wie auf Knopfdruck, mit quasitechnischer Verlässlichkeit.

Als sich Böger für einen Kuss nach vorn beugte, sah er zwei weiße Haare auf der linken Schulter von Marlies staken und vermochte nicht zu sagen, ob diese dort wuchsen oder nur an der bettwarmen Haut haften geblieben waren.

»Ihrer Tochter ist unwohl geworden!«, erklärte mir der Fahrer, als er alleine zum Tisch zurückkehrte. »Dr. Kruschke und ihr Freund kümmern sich darum.«

Etwas Unausgesprochenes lag in seinem Blick, etwas, das nicht zur arglosen Jugendlichkeit passte, mit der der Fahrer vor den anderen auftrat.

»Vielleicht sollten wir beide den ungestörten Augenblick nutzen, um einem Bekannten von Ihnen einen Besuch abzustatten?«

Der Junge starrte mich bedeutungsvoll an.

Ich hatte allen Grund, nichts von dem zu verstehen, was er mir andeuten wollte. Aber ich verstand alles. Ich erkannte das Geheimnisvolle in seinen Augen wieder.

»Er ist in der Tiefgarage.«

Der Junge wartete meine Antwort nicht ab, klappte meinen unter dem Bett verstauten Rollstuhl auseinander und stützte mich bei meinem Versuch, diesen eigenständig zu besteigen. Er schob mich leise zum Flur hinaus, von wo ich durch die halb geöffnete Badezimmertür erblicken konnte, wie Lisa von einem Handtuch bedeckt auf der Badezimmermatte lag, den Kopf auf einem Stapel Handtücher gebettet. Hinter ihr kniete Jörg, Kruschke hockte über sie gebeugt, hatte ihre Hand ergriffen und fühlte den Puls. Die eingeschliffene Routine, mit der sich die beiden um Lisa kümmerten, schien mir mitteilen zu wollen, hier sei alles unter Kontrolle und in besten Händen, sodass auch ein sorgsamerer Vater als ich keine Einwände gehabt hätte, weiter in Richtung Wohnungstür geschoben zu werden.

Es war umsichtig von dem jungen Mann gewesen, mir den Rollstuhl unterzuschieben, den ich ja mittlerweile nur noch als Sitzgelegenheit nutzte und ansonsten vehement ablehnte. Mein schlurfender Gang hätte uns niemals so lautlos am Badezimmer vorbeigebracht.

Vorsichtig öffnete der Junge die Wohnungstür, schob mich hinaus auf den Hausflur und schulterte mich dann mit einem routinierten Griff. So beladen begann er, langsam die Treppen zur Garage hinunterzusteigen.

Mir gefiel nicht, dass er versäumt hatte, die Wohnungstür wieder zu schließen. Mir gefiel auch nicht, dass der Rollstuhl als untrügliches Indiz unserer Flucht auf dem Treppenabsatz zurückgelassen worden war. Aber ich genoss das Gefühl, mich über den Rand des mir Erlaubten hinauszulehnen. Und mir gefiel die Gewissheit, einen weiteren Verbündeten gefunden zu haben, auch wenn mir immer noch nicht klar war, um was es bei unserer Verschwörung ging.

Auf der steileren Treppe zum Keller begann der Fahrer unter meiner Last zu keuchen. Er wurde immer wackeliger auf den Beinen, musste mit hastigen Griffen Lichtschalter und Türklinke betätigen, und ich geriet immer wieder unwillkürlich ins Rutschen.

Der Gang vor uns war von einem schummrig warmen, fast orangefarbenen Licht erleuchtet. Vor der Metalltür am Ende des Ganges stand ein Rollstuhl. Jenes modernere Modell, das ich durch den Fensterschlitz auf der anderen Straßenseite erblickt hatte. Darin saß der Alte und grinste mir selbstgenügsam entgegen.

»Gar nicht so einfach, Sie zu Gesicht zu bekommen, mein Freund!«

Es tat gut, sein heiseres Kichern als Bestätigung meiner bereits in Verdacht geratenen Erinnerungen zu hören.

»Verzeihen Sie mir diesen unwirtlichen Ort für eine Unterhaltung – aber leider ist es zurzeit für niemanden möglich, in Ihre Nähe zu gelangen. Sie werden besser bewacht als die Kronjuwelen von England.« Diesmal lachte er nur kurz auf, wohl selbst nicht ganz zufrieden mit der Schlagkraft seines Scherzes. »Wir können von Glück reden, dass es mir gelungen ist, diesen jungen Mann«, er deutete auf den Fahrer, über dessen linke Schulter ich dem Greis entgegenstarrte, »von unserer Sache zu überzeugen. Wer weiß, ob wir beide sonst jemals wieder

Gelegenheit erhalten hätten, ein Gespräch miteinander zu führen. Es war mir von Anfang an klar, Ihr Fall, mein Freund, ist ein ganz besonderer, und es hat sich schnell bewahrheitet, dass hier etwas gewaltig anders lief als es sollte. Aus irgendwelchen Gründen wurde in der Klinik mit Kräften daran gearbeitet, Sie von der Öffentlichkeit abzuschirmen. Die Herren Ärzte hatten offenbar Gefallen daran gefunden, Sie zu ihren ganz persönlichen Patienten zu machen, an dessen Schicksal niemand sonst Anteil nehmen sollte. Die Widerstände, mit denen man sich in der Klinik gegen Informationen zu Ihrem Fall verwahrt, sind allenthalben spürbar. Nun, ich will es kurz machen: Ich habe in der Zwischenzeit mehr über Sie in Erfahrung bringen können, als jedem der Verantwortlichen lieb sein dürfte. Und ich weiß vermutlich mittlerweile einiges mehr über Ihren Fall als Sie selbst! Diese Wohnung da oben – sie kommt Ihnen nicht zu Unrecht wie ein Gefängnis vor! Sie werden bereits gemerkt haben, dass es den Ärzten vor allem darum geht, Sie von der Außenwelt abzuschotten. Etwas, das hier wesentlich einfacher zu bewerkstelligen ist als in der Klinik. Sie verstehen: Die Anzahl der Mitwisser ist ohne Frage überschaubarer!« Ich verstand nicht. Aber es machte mir Freude, dem Alten zuzuhören und zu glauben, etwas Wichtiges dabei zu erfahren.

»Jetzt, da Ihr gesundheitlicher Zustand den Aufenthalt in der Klinik nicht mehr erfordert, möchten die Herren Kruschke und Böger zum eigentlichen Schwerpunkt ihrer Forschungen übergehen. Man hat noch einiges mit Ihnen vor, mein Freund! Und da möchte man unter sich bleiben, im ganz kleinen Kreise, möglichst. Was denken Sie, warum Sie bislang keinen weiteren Besuch erhalten haben außer dem von ihrer Tochter und ihrem Freund? Was ist mit Ihren Freunden, Verwandten, Ihrer Frau?«

»Sie ist tot«, wisperte ich, kraftloser als gedacht. Ein Reflex.

Der Alte sah mich grimmig lächelnd an. »Tot, ja? Das ist es, was die Herren Doktoren Ihnen erzählt haben?«

Ich verzichtete darauf, seine Annahme mit einem Nicken zu bestätigen. Es war bewundernswert, mit welchem Geschick der Alte seine Zweifel streute und die Geschichte meines Falls unterhöhlte. Er nutzte jede undichte Stelle, die Tür zum Nebenzimmer, einen Spalt in den Rollläden, das Kellergeschoss. Es war keine Frage des Vertrauens oder der Glaubwürdigkeit, die mich für seine Sicht der Dinge erwärmte – ich musste sein erzählerisches Talent anerkennen.

»Nun, lassen Sie mich es so sagen: Ihre Frau wäre finanziell kaum in der Lage, bereits jetzt an Ihrem Leben teilzuhaben, an diesem werten, reanimierten Leben von Doktors Gnaden!« Der Alte lachte heiser vor sich her, eine Spur zu überheblich, um meinen Sympathien für ihn zu entsprechen. »Wir wissen allerdings gar nicht, ob sie bislang überhaupt über die erfolgreiche Reanimation ihres Gatten informiert wurde. Vielleicht erspart sich die Klinik die Weitergabe dieser Information, wohl wissend, dass Ihre Frau es sich ohnehin nicht leisten könnte, Sie aus den laufenden Untersuchungen auszulösen. Sie müssen verstehen, mein Freund: Siebzehn Jahre Konservierung eines toten Körpers verschlingen eine unermessliche Summe Geld! Unbezahlbare Beträge, selbst für die Witwe eines so erfolgreichen Autors wie Ihnen. Ihrer Frau blieb schon früh keine andere Wahl, als zuzustimmen, Sie für die ersten Monate nach Ihrer Wiederbelebung der medizinischen Forschung zu überlassen. Bis hierhin völlig normal – das passiert bei jeder Reanimation mit einer den Nöten gehorchenden Routine. Was mich allein stutzig machte, war der Umstand, dass die Herren Doktoren sich in Ihrem Fall auf einen wesentlich längeren Forschungszeitraum einzurichten schienen, als der Klinik im Rahmen des Hinnehmbaren zusteht. Diese Wohnung hier, die frühzeitige Entlassung aus der Klinik, die Geheimhaltung Ihrer Identität – das riecht alles ganz danach, als wenn man planen würde, Sie für unbestimmte Zeit zu Forschungszwecken unter Verschluss zu halten. Sie sind schließlich ein ganz besonderer Patient, mein Freund! Siebzehn Jahre, soviel hat keiner der bislang Zurückgeholten auch nur annähernd auf dem Buckel. Was gäbe es da für Geschichten zu erzählen! Und das ist doch Ihr Beruf: Geschichten erzählen?«

Unter mir grunzte der Fahrer auf, um zu verstehen zu geben, dass er dem Gespräch durchaus folgte und auch die amüsante Konnotation des letzten Satzes verstanden hatte.

»Ich würde jede Wette darauf eingehen, dass Ihre Gattin nichts von alldem hier ahnt, vermutlich wurde sie nicht einmal vom Beginn der Behandlungen unterrichtet, geschweige denn darüber, dass Sie wieder unter den Lebenden sind! Die Gute wohnt mittlerweile in Frankreich, da bot sich ein Alleingang der Klinik doch geradezu an ... Außer Ihrer Frau würde Sie schließlich niemand vermissen und mit Ihrer Rückkehr rechnen. Nicht auszuschließen, dass man auf Zeit spielen möchte, bis sie die Hoffnung einer Wiederbelebung vollends aufgegeben hat oder gar selbst verstirbt. Dann bestünde für die Ärzte keinerlei Veranlassung mehr, Sie irgendwann zurück ins wirkliche Leben zu lassen! Aber das, mein Freund, werden wir zu verhindern wissen ...«

In meinem Hinterkopf begann es zu sirren, so als hätte sich dort eine Karambolage von Gedanken ereignet, von der nun rasende Hilferufe über die Nervenstränge ausgesandt wurden, in alle Richtungen und derart zahlreich, dass sie sich in den Ganglien stauten, aneinander rieben und über diese Reibung Töne erzeugten. Ich schwitzte auf der Stirn, spürte, wie ein Tropfen kitzelnd meine Wirbelsäule entlanglief. Es war mir nicht möglich, bei der Verarbeitung der neuen Informationen mitzuhalten. Ich flehte meinen Verständnisversuchen mit gebrochener Stimme hinterher und ächzte: »Meine Tochter.«

Der Alte sah mich ernst an. Das Triumphale und Sarkastische in seiner Stimme hatte sich verflüchtigt: »Ja, die Sache mit Ihrer Tochter hat mir lange Zeit Rätsel aufgegeben. Ich muss Ihnen da eine Frage stellen, mein Freund, mit der wir in schmerzende Tiefen hervordringen könnten. Aber sind Sie eigentlich vollends überzeugt, bei der jungen Dame, die man Ihnen vorgestellt hat, handelt es sich tatsächlich um Ihre Tochter?«

Die Verwirrung übermannte mich. Ich sah plötzlich die Mädchen vor mir sitzen, daheim am Küchentisch, sah Marie, die mir vom Herd zulächelte. Die Mädchen saßen nebeneinander, mit dem Rücken zu mir gewandt, trotz des Altersunterschiedes gleich groß, einander sehr viel ähnlicher als ich in Erinnerung hatte. Marie, die sagte, alles sei soweit, und mich bat, Platz zu nehmen, Mariska habe eine Freundin zum Essen mitgebracht.

»Wo?«, fragte ich.

»Was meinst du mit: wo?«, fragte sie belustigt zurück. Die beiden Mädchen kicherten.

Jörg hatte Lisa in ihr Bett gelegt, in ihrer Wohnung, in die sie ihn bislang so selten hatte vordringen lassen, weil für sie die eigenen vier Wände als Stätte ihrer Beziehung nicht in Frage kamen.

Es hatte einen Tumult im Hausflur gegeben, als sie auf dem Weg zu ihrer Wohnung den Rollstuhl entdeckt hatten. Kruschke hatte nach dem Fahrer gerufen, der sich aus unerfindlichen Gründen vom Erdgeschoss aus meldete, aber beteuerte, alles sei in Ordnung. Er habe etwas aus der Garage holen und ihren Vater nicht alleine im Zimmer zurücklassen wollen. Das ergab ohne Zweifel zu wenig Sinn, um die Wahrheit zu sein. Kruschke schien daraufhin von einer nervösen Unruhe getrieben, war Jörg nur widerwillig in Lisas Wohnung gefolgt und stellte sich, nachdem er nochmals ihren Puls kontrolliert hatte, ans Fenster, von wo aus er die Straße beobachten konnte. Er betrachtete mürrisch sein Handy und drückte zur Kontrolle darauf herum, als könne er einen Rückruf überhört haben, dann schaute er wieder nach draußen. Sie konnte hören, wie Kruschke leise vor sich hin fluchte.

»Na, das soll mir der Bursche jetzt nochmal alles ganz genau erklären …«, murmelte er erleichtert, als vom Hausflur aus Bewegung zu vernehmen war. Kruschke nickte zu Jörg hinüber, um ihm zu verstehen zu geben, er würde sich nur kurz für einen Gang in die Nachbarwohnung verabschieden, aber so bald zurückkehren, dass nichts zu befürchten sei. Wenig später drang eine leidlich gedämpfte, hitzig geführte Konversation aus der Wohnung ihres Vaters herüber, ein heftiger Streit zwischen Kruschke und dem jungen Fahrer, aber Lisa gelang es, die Frequenz dieses Murmelns vor jeder bewussten Wahrnehmung auszublenden.

Jörg streichelte über ihre schweißkalte Stirn. Sie streckte sich seufzend und genoss die Berührung. Da schoss ihr ein Krampf vom Spann in die Unterschenkel, ein plötzlicher Stich, der nicht mehr locker lassen wollte und ihren ganzen Körper verspannte.

»Was hast du?«, fragte Jörg mit besorgtem Blick.

»Nur ein Krampf!«, stöhnte Lisa, als sie von ihrem Brustkorb her ein zweiter Schmerz durchfuhr. Drängend wie betäubend, mit Macht. Und obwohl ihr diese Art von Schmerz fremd war, wusste sie ihn schnell zu identifizieren. Es war ihr erster Herzinfarkt. Mit zweiundzwanzig.

4

Kruschke tat so, als wäre er in die Lektüre der Pressemeldungen vertieft und gönnte dem eintretenden Böger zur Begrüßung nur ein kurzes Aufblicken.

Böger nickte zurück: »Und, wie geht es unserem Sorgenkind?«

Trotz der unlängst ausgehandelten Kollegialität zwischen ihnen genoss es Kruschke, für Böger zum Dreh- und Angelpunkt der Infomationsbeschaffung geworden zu sein. Doch heute Morgen zählten andere Dinge. Kruschke wartete ab, bis sein ehemaliger Chef Platz genommen hatte und atmete tief ein: »Tja, das war natürlich ein Schock für sie. In dem Alter!«

»Nun, zumindest ihr Alter gibt ja Anlass zur Hoffnung, keinen zweiten Infarkt befürchten zu müssen. Sofern nichts Chronisches vorliegt.«

»Habe ich auch vermutet, aber nach Auskunft der behandelnden Ärzte ist sie labiler, als man denken würde.«

»Wo liegt sie?«

»St. Marien – und das ist auch das momentane Problem.«

»Konntet ihr sie nicht in die Klinik bringen?«

Kruschke schüttelte vehement den Kopf. »Wir hatten keine Zeit zu verlieren. Die Fahrt bis zur Klinik – das wäre verantwortungslos gewesen.«

Böger zögerte. »Jetzt verstehe ich ... Da haben wir in der Tat ein Problem! Sind die Ärzte dort eingeweiht?« Er griff zu einem der Knautschbälle auf der Schreibtischablage.

»Niemand ist eingeweiht. Aber das wird sich vermutlich nicht allzu lange aufrechterhalten lassen. Unser Fräulein weigert sich, länger bei uns mitzuspielen.«

Böger stand auf, ging zum Fenster und wandte sich von dort wieder Kruschke zu. »Was soll das heißen?«

»Sie meint, die Sache mit ihrem Vater habe ihre Gesundheit ruiniert, habe sie vereinsamen lassen. Sie gibt uns die Schuld an allem, verlangt, dass ihr Vater auf eine normale Station verlegt wird.«

»Meinst du, *ich* sollte mal mit ihr reden?«

»Das wird leider nicht möglich sein. Die Dame hat ihren Ärzten ausdrücklich aufgetragen, dass sie sich jeden Besuch von uns beiden verbittet. Habe gerade den Anruf erhalten. Du kannst dir vorstellen, dass man sich in St. Marien eine Nachfrage nur aus Höflichkeit verkniffen hat ...«

Böger sah Kruschke prüfend an. »Und was hast du jetzt vor?«

»Wir werden rausgehen mit der Sache!«

Diesen beiläufig klingenden Satz hatte Kruschke dem Kanon des Medienberaters entliehen, mit dem er seit den Vorfällen gestern Abend in lebhaftem Austausch stand. Dabei ging es ihm nicht einmal darum, Böger auf irgendeine Weise zu beeindrucken.

»Wann?«

»Übermorgen. Das Team bereitet eine Pressekonferenz für den Vormittag vor. Das wird ein heißer Ritt. Unsere Geschichte ist durch den Infarkt keine hübschere geworden.«

Böger nickte stumm und überließ Kruschke das Gespräch:

»Ich fühle mich keineswegs wohl dabei, auch wenn ich immer ein Verfechter der frühen Bekanntgabe war. Unter den gegebenen Umständen können wir jedoch die weitere Geheimhaltung keinen Moment länger gewährleisten. Wir müssen in die Offensive gehen.«

»Und unser Patient?«

Kruschke seufzte und spielte nervös mit einem Kugelschreiber.

»Sagen wir es so: Er macht Fortschritte. Viel zu langsam, wie gehabt. Aber ich halte ihn für vorzeigbar.«

Er suchte Bögers Blick, ob der ihm etwas Unterstützung oder Bekräftigendes zubilligen würde, aber sein Gegenüber schlug den Ball des Zweifels unverzagt zurück:

»Du meinst wirklich, man kann Schelling bereits den Fragen der Presse ausliefern?«

»Längere Interviews sind natürlich tabu. Die Dinge, die er von sich gibt, sind nicht immer konsistent. Mit zunehmender Gesprächsdauer dürfte das auf Außenstehende einen verwirrten Eindruck machen. Wir benötigen also klare Grenzen. Aber ich habe einen Profi an der Hand, der die Vergabe der Interviewzeiten und die Fragen steuern wird. Kurze Gespräche, einfache Fragen – das sollte mit den wiedergewonnenen Fähigkeiten unseres Patienten durchaus zu bewerkstelligen sein. Mehr können wir zum gegenwärtigen Zeitpunkt einfach nicht von ihm erwarten.«

5

Jörg saß auf der Bettkante und lächelte zu Lisa hinunter wie ein gütiger Vater.

»Was machst du denn auch für Sachen?«

Dieser ewig gleiche Satz an Krankenbetten, wenn der Wunsch, Mut zuzusprechen und die nicht zu unterdrückende Sorge gemeinsam zur Floskel werden. Lisa hatte sich für diesen Satz geschämt, als ihre Mutter nach der ersten Operation wieder ansprechbar gewesen war. Nach all dem Warten und Bangen hätte sie etwas Gewichtigeres sagen wollen. Doch sie hatte sich überschätzt, vermochte in jenem Augenblick nichts anderes zu formulieren als ebendiesen Satz: »Was machst du denn auch für Sachen, Mama?«

Trotzdem nahm sie Jörg die Wahl seiner Worte übel, ohne sich einzugestehen, dass in all ihrer Wut auf ihn auch die unbändige Wut über sich selbst mitschwang, über die Schwäche ihres Körpers, die sie von der Bettkante ihres Vaters gerissen hatte, jenem Platz, den sie sich hart erkämpft und der sie ihrem Vater so nahe gebracht hatte wie nie zuvor. Ein Platz, der nun von einem anderen eingenommen wurde.

Sofort erkannte ich die Lampe über mir wieder. Man hatte mich zurückgebracht. Der Fahrer grinste mir von der Bettkante entgegen, vom Rand meines alten Bettes, und war die einzige Irritation in diesem vertrauten Blickfeld. Lisa war nicht im Raum, auch Jörg und Kruschke nicht. Stattdessen kurvte der Alte vor dem Fußende des Bettes umher, grinsend.

Mir fiel auf, dass es das gleiche Grinsen wie das des Fahrers war, nur von einem anderen Gesicht aufgeführt. Ob es ohnehin nur die eine Art der verkrampften Konstellation von Gesichtsmuskeln gab, mit der überall auf der Welt diese Form von Eitelkeit demonstriert wurde?

»So sieht man sich also an alter Stätte wieder!«, polterte der Alte heiser los, die Grenzen seiner Stimme überschreitend. »Man hat uns den Gefallen getan, Sie noch einmal in gewohnter Umgebung einzuquartieren! Jedenfalls, solange das Mädchen, das man Ihnen als Ihre Tochter vorgestellt hat, im Krankenhaus bleiben muss.«

»Wie geht es ihr?«

»Nun, mittlerweile wieder ganz gut, denke ich.« Der Alte schien über mein Nachfragen verärgert. »Aber es ist vor allem gut, durch diesen Vorfall etwas Zeit gewonnen zu haben, Zeit, die uns helfen wird, einige Dinge in unserem Sinne vorzubereiten, bevor es morgen für Sie in die große weite Welt geht!« Er hielt inne und räusperte sich künstlich.

»Morgen Vormittag wird hier nämlich eine Pressekonferenz ausgerichtet, auf der Ihre Wiederbelebung offiziell bekannt gegeben wird. Mit Fotografen, Fernsehen und Interviews. Das verspricht eine große Sache zu werden – man ist fast neidisch, nicht auch ein paar Bücher geschrieben zu haben ...«

Irgendetwas stach in meine Brust. Mir behagte die Aussicht auf den kommenden Tag nicht. Den Alten amüsierte meine sorgenvolle Miene: »Keine Bange, mein Lieber, man wird Sie schon ordentlich striegeln für den Tag, man will ja nicht, dass Sie auf den Fotos einen schlechten Eindruck machen, nicht wahr? Nur das Lächeln, das sollten wir bis morgen noch ein bisschen üben ...«

Je näher der Greis dem Punkt kam, Einfluss zu nehmen auf die Dinge um mich herum, desto ungewisser erschien mir ein hieraus resultierender Vorteil für mich. Ich hatte keine Lust mehr, ihm überhaupt noch zuzuhören.

»Diese Pressekonferenz wird von den Ärzten keinesfalls aus freien Stücken inszeniert. Vielmehr scheint unser krankes Mädchen der Auslöser für die überstürzte Aktion zu sein. Das bietet uns wiederum die Chance, Schwachstellen zu nutzen und zu bewirken, dass man Sie, mein Freund, möglichst bald in die Freiheit entlässt, in die wirkliche Freiheit. Sie wollen doch Ihre Gattin wiedersehen, nehme ich an?!«

Ich nickte unschlüssig. Marie wiederzusehen war mir kein dringendes Bedürfnis. Gleichwohl hielt ich es für richtig.

»Passen Sie jetzt gut auf, mein Freund! Damit unser Plan aufgehen kann, müssen Sie bei der Pressekonferenz den Wunsch äußern, ihren alten Verleger zu treffen. Sagen Sie einfach so etwas wie, es würde Sie reizen, wieder einmal einen Abend voller guter Gespräche im Billardzimmer seiner Villa zu verbringen. Sie haben solche Treffen oft in Interviews erwähnt und man wird Ihnen diesen Wunsch schwerlich absprechen. Ein überschaubarer Ausflug ins Grüne, der außerdem einige treffliche Fotomotive bietet, das ist doch ganz im Interesse der Klinik. Unser junger Freund und ich haben uns das Gelände bereits angeschaut und werden alles Weitere in die Wege leiten, sobald man Ihnen die Gelegenheit zu diesem Besuch bietet.«

Ich begriff nicht, worauf er hinauswollte. Der Greis starrte mir prüfend in die Augen, was mich innerlich zusammenzucken ließ. »Mein Freund ...?« Er setzte seinen Rollstuhl in Bewegung, schob sich bis an die Bettkante und säuselte mit wiegendem Kopf: »Sie haben doch keine Angst?«

Marlies schaute ihn an und ließ keinen Zweifel daran, dass sie die Frage ernst gemeint hatte, was Böger zum ersten Mal darüber nachdenken ließ, ob es Angst sein könnte, die er empfand, nun, da der große Tag der Enthüllung unmittelbar bevorstand, oder ob er sich weiterhin mit der Erklärung retten könnte, es sei allein der Respekt vor der Fülle der Aufgaben, der ihn vor dieser Pressekonferenz nervös werden ließ. Immer wieder hatte es in seiner Karriere diese Momente gegeben, die ihn zweifeln ließen, ob er sich dieses Mal zu weit über die Brüstung des von ihm Beherrschbaren hinausgelehnt hatte. Doch es ging in solchen Situationen nicht um Respekt oder Zweifel, soviel war ihm jetzt klar, und er war Marlies mit einem Mal ungewohnt dankbar für diese Erkenntnis.

»Vielleicht habe ich niemals zuvor eine solche Angst gehabt«, bekannte er endlich. Aber der flache Atem neben ihm deutete darauf hin, dass Marlies inzwischen eingeschlafen war.

Teil 3

1

Am nächsten Morgen wagte Böger es nicht, die selig schlummernde Marlies zu wecken. Er hinterlegte stattdessen eine Notiz neben der Kaffeemaschine, in der er ihr schrieb, dass es ihn freuen würde, wenn sie zur Pressekonferenz in die Klinik käme. Er liebe sie mehr denn je und würde sie gerne am Nachmittag zum Essen ausführen. Dann verließ er das Haus.

Als einige Stunden später die Vertreter der Presse vor ihm Platz nahmen und den Raum in Gemurmel tauchten, meinte Böger, spüren zu können, dass auch Marlies irgendwo in den Reihen saß. Er würde jetzt nicht mehr aufblicken und sie im Pulk der Journalisten suchen. Es genügte ihm, sie hier zu vermuten, um sich ihrer sicher zu sein.

Der Direktor eröffnete die Pressekonferenz und ging nach einer langgezogenen Einstiegsfloskel zur Vorstellung der Mitarbeiter des Projekts und der Förderer der Klinik über.

»… ohne deren tatkräftige Unterstützung es schwerlich möglich gewesen wäre, ein derartiges Projekt über nunmehr siebzehn Jahre hinweg …«

Plötzlich tätschelte eine Hand Bögers linken Oberschenkel, eine Geste, die ihm Mut machen sollte, aber ihm nicht allein wegen der Körperlichkeit unangenehm war, sondern auch, weil sie von dem ihm unsympathisch gebliebenen Medienberater ausging, der neben ihm Platz genommen hatte. Er glaubte, die Wärme eines Blicks an seiner linken Wange zu spüren, und vermied es, sich dem Platznachbarn zuzuwenden. Stattdessen schaute Böger jetzt doch noch einmal auf, richtete für einen kurzen Moment den Blick auf die versammelte Runde. Ein Augenblick, in dem sich die ungeordnete Menge vor ihm auflöste in ein klar von Stuhlreihen gegliedertes Quadrat, in dessen vierter Reihe am linken Rand er für einen Augenblick Marlies auf einem der unbesetzten Stühle zu sehen glaubte und, gleich neben ihr, Timo. Dann stürmten Giorgios und Kruschke in den Raum, sowohl um Eile wie Lautlosigkeit bemüht, und setzen sich auf die beiden Plätze. Als sie sahen, dass Bögers Blick auf sie gerichtet war, zuckten sie entschuldigend mit den Schultern.

Er erinnerte sich an die Berichte der Logopädin, die jeden Morgen auf seinem Tisch gelandet waren, um die Fortschritte zu dokumentieren, die Schelling bei der Wiedererlangung seiner Sprache machte, und denen Böger bald schon nicht mehr die rechte Aufmerksamkeit geschenkt hatte. Das gab ihm plötzlich das Gefühl, schlecht vorbereitet zu sein.

Aber es war zu spät, noch einmal alles zu überdenken, nochmals ins Schlingern zu geraten und abzuwägen, was er preisgeben sollte, nun, da der Direktor zum Abschluss seiner Rede auf ihn hinunterdeutete:

»Aber hierzu, meine Damen und Herren, wird Ihnen Herr Prof. Dr. Böger nun mehr erzählen.«

Er hatte das Wort.

2

»Sag doch was, Lisa! Sag doch bitte etwas!« Jörgs Tonfall katapultierte sich in ihr missfallende Höhen. Und sosehr es sich auch widersprechen mochte, war ebenjenes Missfallen der Grund, weshalb Lisa nichts sagte. Sie hatte einen wie Jörg zum Reden gebraucht in den letzten Tagen, aber er war keine Person, von der man sich selbst zum Sprechen nötigen ließ.

Stoisch betrachtete sie die Slapsticknummer, die Jörg vor ihr aufführte, als er in trampeliger Hektik die offene Flasche auf dem Nachtschrank umstieß. Das Mineralwasser schwappte aus dem über die Kante des Tisches hinausragenden Flaschenhals auf Lisas Kopfkissen. Sie vernahm das leise Rieseln sich verflüchtigender Kohlensäure. Was für ein Idiot. Und wie idiotisch, jemals mehr zwischen sich und Jörg für möglich gehalten zu haben als das träge Gefühl leiser Verachtung. Lisa hatte sich bemüht, Teil eines Pärchens zu spielen, das in der Pflege ihres Vaters eine Aufgabe gehabt hätte, an der man sich hätte orientieren können. Lisa hatte die Chance gesehen, ihr Mündel in die Hände des wohlinformierten Kenners zu legen, nun aber war klar, selbst hierfür sollte ihre Kraft nicht reichen.

Jörgs Finger griffen ins Leere, seine flehenden Wünsche prallten an ihr ab, und er bekam diese verdammte Flasche nicht zu fassen, prallte nochmals gegen den auf Rollen geparkten Nachttisch und vermochte nicht zu verhindern, dass die so in Bewegung gesetzte Flasche seinen hilflos fuchtelnden Händen entwischte und auf dem Boden zerplatzte. Jörg drückte den Notrufknopf. Zumindest das.

Der alarmierte Pfleger wuchtete Lisas Bett die Gänge entlang. Die Eile, mit der der Raumwechsel vorangetrieben wurde, gab ihr ein Gefühl dafür, sich in einem besorgniserregenden Zustand zu befinden. Sie selbst spürte davon nichts und lauschte beruhigt dem immer gleichen Rhythmus von Knacken und Summen, wenn die über Bewegungsmelder instruierten Türen ihnen den Weg freigaben.

Lisa hatte das Gefühl, als wenn sie bereits endlose Etappen hinter sich gebracht hätten, Etappen, die in der Architektur des Hauses gar nicht vorgesehen waren. Dann übermannte sie die Müdigkeit.

Sie erwachte mit dem Gefühl, einige Tage geschlafen zu haben, und erkannte das Zimmer nicht, erkannte lediglich, dass es nicht dasselbe war, nicht der Raum, in dem sie nach ihrem ersten Infarkt erwacht war. Es war jedoch derselbe Pfleger, der ihr vorschlug, eine Weile an die frische Luft zu gehen, solange das Wetter so schön sei. Jörg stand neben ihm und assistierte, als der Pfleger Lisa in den bereitgestellten

Rollstuhl hob. Skeptisch schaute sie zum Fenster, auf die Blätter einer Platane, in denen sich ein auffrischender Wind fing.

Während Lisa sich auf dem Sitz einrichtete, spürte sie in ihrer linken Hand etwas Fremdartiges. Ein Büschel Haare, das sie dem Pfleger aus seinem Nacken gerupft haben musste. Erschrocken kontrollierte sie seine Reaktion, aber der Mann schien sich nichts anmerken lassen zu wollen. Sie ließ die erbeuteten Haare von der Armlehne zu Boden rieseln und ärgerte sich, als Jörg intuitiv nach vorn schnellte, um das von ihm noch nicht Eingeordnete aufzufangen. Als er erkannte, dass es Haare waren, die Lisa aus der Hand gefallen waren, hielt er verwundert inne, dann entsorgte er die seltsame Beute im Abfalleimer neben der Tür.

»Wollen Sie uns kurz die Tür aufhalten?«, fragte der Pfleger.

Jörg wollte.

»Jetzt bitte einmal kurz die Augen schließen!«

Sie schminkten mich. Wegen der Scheinwerfer, hatte man mir erklärt. Ich sollte nicht glänzen und ein wenig Farbe würde mir auch guttun. Das Schminken gefiel mir. Eine angenehme Berührung, obwohl sie ein klebriges Gefühl der Spannung auf der Haut hinterließ.

Man hatte mich in den Aufenthaltsraum der Klinik zurückgebracht. Es wäre meine alte Abteilung, hatte Böger versichert, aber ich konnte mich nicht erinnern, jemals zuvor einen Aufenthaltsraum auf meinem Flur gesehen zu haben. Ich wusste auch nicht mehr, dass es weitere Patienten auf der Abteilung gegeben hatte. Zwei von ihnen saßen regungslos am Tisch vor einem großen Fenster und spielten Schach. Ein weiterer Mann saß an dem niedrigeren Tisch in der Mitte des Raumes, hatte einen großen Kopfhörer übergestülpt und starrte auf den Bildschirm eines Laptops. Ab und an häufte er von einem Napf eine Art Brei auf seinen Löffel, führte diesen langsam und gedankenverloren zum Mund, den Blick unverdrossen auf den Monitor fixiert. Keine Kaubewegung beeinträchtigte seine Konzentration, nur der Adamsapfel zeichnete Schluckbewegungen nach.

Als ich die Augen wieder öffnete, von einem zufriedenen Nicken der Visagistin begrüßt, schien alles gleich geblieben zu sein: die Schachspieler, der Mann mit den Kopfhörern. Nur der Alte war neu im Raum und winkte mir von einem verschlissenen Sofa entgegen.

»Ja, mein Freund, sie sehen richtig! Unser Freund Böger hat sich entschlossen, dem ersten Foto-Shooting den Hintergrund einer ganz gewöhnlichen Krankenstation zu verpassen. Das nennt man wohl Marketing. Soll den Eindruck erwecken, jedermann könne jederzeit auf eine eigene komplikationslose Wiederbelebung hoffen, um eine zweite Lebenszeit am Schachbrett zu verbringen!«

Er kicherte heiser, wie ich es von ihm kannte. Dann verdunkelte sich seine Stimme: »Nun wollen wir uns aber auch als dankbare Patienten erweisen und alle Missstände für einen Moment vergessen, nicht wahr? Es sollte uns beiden daran gelegen sein, den Erfolg unserer Ärzte wirksam zu untermauern ...«

Ich erwartete ein Kichern, dass die Ernsthaftigkeit seiner Aussage auflösen würde, doch es blieb aus. Meine Stimme war tonlos und schwergängig: »Was ist mit meiner Tochter?«

Der Greis runzelte die Stirn: »Aber, aber – wollen wir uns so kurz vor dem Aufblitzen der Kameras noch mit diffusen Gedanken belasten!?«

Er verstellt sich, vielleicht wegen der Pfleger im Raum, dachte ich. Oder hatte ich den Alten, hatte ich am Ende alles falsch verstanden? Die Haut in meinem Gesicht spannte. »Meine Tochter?«, stammelte ich, und dann betrat die Meute, Böger voran, den Raum.

Es passte ihm nicht, den Alten so dicht neben Schelling sitzen zu sehen. Für Böger war der Mann im Rollstuhl ein Störenfried mit unberechenbarem Charakter. »Eine Schlange!«, schoss es ihm mit Genugtuung durch den Kopf, als ob ein passender Begriff das Problem beherrschbarer machte. Da nicht auszuschließen war, dass einer der Reporter auch ein Statement eines der anderen Reanimierten einholen wollte, hatte es sich nicht vermeiden lassen, den Alten für den Pressetermin zu mobilisieren. Er war der Einzige unter Bögers Patienten, dem eine vollwertige Aussage zu entlocken sein würde. Nicht auszudenken, welchen Beigeschmack das debile Schnattern seiner Schachspieler der bislang erfolgreich verlaufenen Pressekonferenz gegeben hätte. Gleichwohl blieb der Alte ein Unsicherheitsfaktor in dem Arrangement, das der Medienberater entworfen hatte, und Böger hoffte, dass es ihm gelang, das Interesse der Medienvertreter ausschließlich auf den aktuellen Fall, auf Schelling zu fokussieren.

»Also dann, meine Dame, meine Herren: Herzlich willkommen im Aufenthaltsraum unserer Abteilung! Wir sind stolz, bereits fünf Patienten erfolgreich reanimiert zu haben und führen zurzeit elf weitere Behandlungen durch, die im Laufe des Jahres zum Abschluss gebracht werden. Doch, wie bereits erwähnt, ist der Fall unseres Herrn Schelling von einer bahnbrechenden Singularität, erstens aufgrund der ungewöhnlich langen Ruhezeit des Patienten und zweitens natürlich, weil es sich bei ihm um einen der erfolgreichsten Autoren unserer Sprache handelt. Aber bevor Ihre Kollegen vom Feuilleton übernehmen«, Böger lächelte kurz gewinnend in die Runde, »möchte sich Herr Schelling heute Ihren Fragen stellen!«

Es waren etwa vierzig Leute, die dem Ärzteteam wie eine ahnungslose Schülergruppe in den Aufenthaltsraum gefolgt waren. Zwei Besucher hatten während der Begrüßungsrede wie wild in den Raum fotografiert und immer wieder an ihren Kameras herumgeschraubt. Beim ersten Blitz waren die zwei Schachspieler verharrt, als würden sie jetzt erst bemerken, was um sie herum geschah. Der Alte blinzelte angestrengt, als wenn er einen vom Aufblitzen verursachten Schmerz von seinen Augäpfeln zu wischen suchte. Die gleißenden Blitzlichter und der stumpfe Strahl der Scheinwerfer hatten mir den Raum in seiner Fremdheit wieder gegenwärtig gemacht. Ich fühlte mich wie in einen Kokon zurückgezogen, in den sich nun ein Mann mit seltsam gezogenem Scheitel hineinbeugte: »Zunächst einmal darf ich Ihnen mitteilen, dass wohl jeder hier im Raum von dem, was mithilfe des Klinikteams vollbracht wurde, überwältigt ist. Wir sind alle hocherfreut über das Wunder Ihrer Genesung, verehrter Herr Schelling!«

Mein Name war für die anderen Männer und die eine, in dieser Gruppe verirrt wirkende Frau das Signal, sich mir einen halben Schritt zu nähern, die Mikrofone und Kameras auf mich zu richten.

»Es ist ein kaum fassbares Privileg, den Menschen da draußen die Nachricht von Ihrer erfolgreichen Wiederbelebung übermitteln zu dürfen. Sehen Sie es uns daher nach, wenn wir hierfür ein paar Minuten Ihrer Zeit in Anspruch nehmen möchten, um Ihnen einige wenige Fragen zu stellen.« Er änderte seinen Tonfall: »Wenn ich vielleicht einmal so beginnen darf: Was gab es denn heute Morgen bei Ihnen zum Frühstück?«

Für einen kurzen Augenblick schaute ich den Mann fragend an, verstand aber den taktischen Aspekt seiner dümmlichen Frage und bemühte mich, mit billigender Miene zu antworten: »Ich esse nicht viel am Morgen. Ganz genau so wie in meinem früheren Leben. Ein Apfel und ein Toast mit Marmelade sind es heute gewesen. Sie müssen wissen, ich ziehe es vor, den Tag nicht allzu satt zu beginnen. Ich genieße es, mir etwas Appetit zu bewahren.«

Die Leute strahlten mir entgegen, als wenn sie mich für jedes meiner Worte mit Lob überschütten müssten. Ein zweiter Mann preschte nun von links hervor: »Appetit – würden Sie das auch als Ihr Motiv für diese neue Lebensphase gelten lassen?«

Was für ein Schwachsinn.

»Es mag eine sehr ungewöhnlich erscheinende Lebensphase sein, in die ich da hineingeraten bin.« Ich ließ den Journalisten ein paar Zehntelsekunden für ihr sympathieheischendes Grinsen. »Aber im Grunde genommen hat sich für mich gar nicht viel geändert. Ich lebe wie immer, gerade so, als wäre ich nur von einem langen Schlaf erwacht. Dabei sind mir zurzeit natürlich noch körperliche Grenzen gesetzt –

soweit ich den Ärzten vertrauen darf, sind dies aber Einschränkungen, die sich über die Zeit von selbst erledigen werden.«

»Werden Sie wieder schreiben?«, schnappte der zweite Fragesteller, um seinem gerade Luft holenden Kollegen nochmals zuvorzukommen.

»Davon gehe ich aus, ja«, antwortete ich und schaute demonstrativ in die übrige Runde, wo ich im Nichts der Gesichter und Kameras auch Kruschke ausmachte, der sich nervös, aber scheinbar zufrieden, mit seiner rechten Hand am Kinn rieb.

Es entglitt ihr. Das Gefühl für den Raum, für die Hände des fremden Pflegers, die ihren Brustkorb bearbeiteten. Als hätte eine alles verschluckende Tonstörung den Korridor geflutet, verschwanden die polternden Geräusche und geschrienen Kommandos hinter einem dumpfen Brummen. In diesem Mulm fühlte sie sich sicher und geschützt und betrachtete die fremd gewordene Hektik der anderen mit einer Gelassenheit, die ihr selbst unpassend erschien.

So mochte sich ihr Vater gefühlt haben, als er vor siebzehn Jahren auf den Boden einer S-Bahn sackte. Jetzt, in diesem Augenblick, fühlte sie sich ihm verbunden. Vergessen die Konkurrenz zu ihrer Schwester, vergessen die Frage, wer von beiden mehr Zuneigung erhalten hatte. Sie lächelte sanft, amüsiert darüber, sich jemals abgewiesen gefühlt zu haben. Mit welchen falschen Gewissheiten hatte sie sich ihr Leben lang den Kopf zermartert? Es gab keine Tochter neben ihr, hatte sie nie gegeben.

»Fühlst du dich wieder etwas besser?«, fragte der über sie gebeugte Jörg plötzlich in den dröhnenden Brei ihrer Gedanken hinein. Sie blieb still und lächelte innerlich. Was für eine Frage.

3

»Wird es eine Fortsetzung Ihres unvollendeten Romans geben?«

Die Frage drang aus der hintersten Reihe nach vorn, und obwohl ich zu spät versucht hatte, den Fragenden auszumachen, war ich mir sicher, in dem gefällig grinsenden Schönling den Fragesteller ausgemacht zu haben. Das Interview hatte während der letzten Fragen den Charakter eines Verhörs angenommen, was mir missfiel.

»Ich denke eher nicht.«

»Es gibt eine ganze Reihe viel diskutierter Mutmaßungen über den ursprünglich von Ihnen intendierten Schluss der Geschichte …«

»Das ehrt mich. Aber es verpflichtet mich zu nichts, nehme ich an?!«

»Hatten Sie schon Gelegenheit, sich in die Diskussion einzulesen?«

Nun raunten einige Stimmen aus der mich umzingelnden Runde Protest gegen die Penetranz des jungen Kollegen und die unangemessene Schärfe seiner Fragen.

»Das werde ich noch tun. Beizeiten.«

»Hätten Sie der Veröffentlichung von ›Eine unvollendete Geschichte‹ zugestimmt?«

Wie lästige Kletten hingen seine Nachfragen an meinen Antworten. Ich suchte Unterstützung in den Gesichtern der übrigen Versammelten, aber mit einem Mal schien es, als wenn die Ersten diesen schnippischen Fragen etwas abgewinnen konnten. Die Blicke ruhten wieder erwartungsvoll auf mir oder hatten sich beschämt ins Nichts gekehrt.

»Ich hätte das Buch lieber zu Ende geschrieben.«

»Würden Sie mir zustimmen, wenn ich behaupte, der Erfolg des Buches entspringt gerade dem Mysterium seiner Unvollendetheit?«

»Ja, natürlich tut er das.«

»Interessant.«

Es folgte eine alle Anwesenden irritierende Pause, in der ich mich wie geohrfeigt in meinen Stuhl zurückgestoßen fühlte. Mir fehlten die

Worte. Wut rührte sich in mir. Irgendjemand erbarmte sich zu einem Themenwechsel:

»Was gedenken Sie als Erstes zu tun, wenn Sie nun in Kürze aus der Klinik entlassen werden?«

Immer noch atemlos und betäubt von der Marter der vorangegangenen Fragen, vernahm ich ein Räuspern vom Nebentisch, das ich dem Alten zuordnen konnte und welches mich wieder zurück ins Leben tauchte.

»Ich freue mich darauf, meinen Verleger Gerry Heitmann wiederzusehen und würde ihn gerne zu einem Gespräch aufsuchen. Wir haben früher unzählige Diskussionen in seinem Billardzimmer geführt. Das hat mir immer viel bedeutet. Und es gibt viel zu besprechen, denke ich.«

»Wen möchten Sie noch treffen?«

»Nun, meine Tochter natürlich. Ich habe das Glück, im selben Haus eine Wohnung beziehen zu dürfen. Wir werden also Nachbarn.«

Böger spürte das Blut durch seinen Kopf sprudeln, tosen. Ihm schwindelte. Wovon redete Schelling da bloß? Auf einen Schlag wandten sich die Köpfe der Reporter dem Chefarzt zu, der zuvor noch den Erfolg des Projekts verkörpert hatte. Die fragenden Blicke suchten nach einem Signal, ob hier vielleicht ein Punkt erreicht wäre, an dem man das Interview abbrechen solle. Vorsorglich knipsten die Kameramänner ihre Scheinwerfer aus. Alles wartete auf eine Reaktion.

»Ich denke, wir sollten Herrn Schelling nun eine Verschnaufpause gönnen! Die letzten Fragen waren sicherlich etwas verwirrend für ihn und wir haben ja bereits einige interessante Informationen erhalten. Ich schlage daher vor, nun noch einmal in unser Besprechungszimmer zu wechseln. Dort stelle ich mich gerne weiteren Fragen, natürlich auch hinsichtlich Ihrer ersten Eindrücke unserer Arbeit!«

In diesem Augenblick lachte der Greis auf dem Sofa demonstrativ auf und zog damit die Aufmerksamkeit einiger Reporter auf sich. Auch deswegen drängte es Böger, den Aufenthaltsraum schnellstmöglich zu verlassen. Es schossen ihm Sätze durch den Kopf, mit denen er seine Erklärungen einleiten könnte, sobald man sich wieder im Besprechungsraum eingefunden hätte. Allesamt hilflose Versuche.

Dabei war bis hierhin alles so gut verlaufen. Schelling hatte sich tapfer im zuletzt recht rüde geführten Interview gehalten. Auch seine merkwürdige Anmerkung zum Billardzimmer seines Verlegers unterstrich doch eher den Eindruck, hier würde sich ein Genesender auf den Wiedereintritt in seine alte Welt einrichten.

Die Bemerkung zu seiner verstorbenen Tochter tilgte jedoch auf einen Schlag alles Vorangegangene. Es war landläufig bekannt, dass das Schicksal der todkranken Tochter den Autor für einige Jahre komplett aus der Bahn geworfen hatte, was zur zeitweiligen Trennung von seiner langjährigen Lebensgefährtin führte, zur Flucht nach Frankreich nebst dortigem Absturz. Schließlich die reuige Rückkehr, die Verarbeitung seiner Trauer in »Greifvogel«, die Wiedereingliederung in ein normales Leben, der Erfolg.

Die Journalisten tuschelten schamerfüllt miteinander, glichen – so viel konnte Böger verstehen – ihren Kenntnisstand über Schellings Biografie ab.

Der Medienberater nahm sich der brachliegenden Situation an und geleitete die Gruppe zum Flur hinaus. Nur zögerlich setzte sich der Trupp in Bewegung.

Ich sah hinüber zum Alten, der mich verstohlen heranwinkte.

»Stimmt etwas nicht?«

»Nun«, kicherte er, eine Spur weniger hämisch als zuvor, »die angestrebte Wohngemeinschaft mit Ihrer Tochter wird den Schreiberlingen den vorgefertigten Artikel noch einmal ordentlich durcheinander gewirbelt haben.«

»Hätte ich es nicht erwähnen sollen?«

»Sie hätten es, mein Freund, besser für sich behalten, ja.«

Hinter dem Alten hatte einer der Pfleger Position bezogen, der von unserer Konversation sichtlich beunruhigt war. Die Schachspieler schauten erwartungsvoll zu uns herüber, der Kopfhörermann hatte seinen Löffel in der Backentasche versenkt und lehnte sich mit verschränkten Armen zurück.

»Ist Lisa etwas zugestoßen?«

Der Alte wiegelte ab: »Sie sollten Böger fragen, was mit Lisa geschehen ist! Er wird es Ihnen erklären.«

»Was wir soeben erlebt haben, ist keinesfalls unüblich für einen reanimierten Patienten, so abschreckend derartige Äußerungen auch auf uns wirken mögen. Insbesondere die Angehörigen werden hier auf eine harte Probe gestellt, wie Sie sich vorstellen können.« Böger bemerkte, wie der Medienberater seine liebe Not hatte, die aufkeimenden Nachfragen der Reporter mit beschwichtigenden Augenaufschlägen zu bremsen. Mit diskreten Gesten forderte der Mann die Meute auf, sich für einen Moment zu gedulden. Böger hatte freie Bahn. Noch. »Wir vermögen nicht mit Bestimmtheit zu sagen, auf welche Weise sich das Gehirn eines Wiederbelebten restrukturiert, es ist aber augenfällig, dass starke Schicksalsschläge, besonders intensive Erlebnisse des vorherigen Lebens oftmals nicht korrekt in das Geflecht der übrigen Erinnerungen eingereiht werden oder bisweilen völlig ausgeblendet bleiben. Hierzu zählt auch etwa der Tod von nahestehenden Personen.«

»Ist dies nicht eher ein Indiz dafür, dass die Erinnerungen und damit ja die komplette Biografie des Patienten nicht wiederherstellbar sind?«

Das Eis war gebrochen. Man konnte spüren, dass mit diesen Worten des jungen Journalisten, der bereits bei Schelling einen schärferen Ton angeschlagen hatte, auch die übrigen Reporter wie von einem Bann befreit auftauten und sich kampfbereit auf ihren Stühlen rührten.

»Aber nein, wirklich: nein. Ich denke, niemand hatte heute den Eindruck, einem Interview mit einem Neugeborenen beigewohnt zu haben.«

Böger hatte sich diese Formulierung gestern Abend zurechtgelegt, um mit ihr eine kritische Frage humorvoll abwürgen zu können. In dieser Situation verpuffte ihre Wirkung jedoch, nicht einer der Journalisten lächelte. Böger errötete, was sogar bei einem der bislang stumm gebliebenen Reporter den Jagdinstinkt weckte:

»Natürlich sprechen wir hier nicht von dem Bewusstsein eines Babys, aber es stellt sich trotzdem die Frage, ob man ernsthaft erwarten kann, dass Schelling jemals wieder in den Vollbesitz seiner geistigen Kräfte kommt.«

»Aber sicher wird er das! Vergegenwärtigen Sie sich nur bitte, dass sein Bewusstsein und seine Erinnerungen Phasen umfassen, die uns Lebenden völlig fremd sind, die aber gleichwohl Einfluss auf sein gegenwärtiges Bild der Welt haben. Die erste Phase nach dem Wiedererwachen, die wir zum jetzigen Zeitpunkt noch gar nicht zeitlich einzugrenzen vermögen, ist von einem Nebeneinander von Erinnerungen, Träumen, Wünschen und aktuellen Gedanken gekennzeichnet. Man muss es sich so vorstellen, dass die in unserem Alltag nicht mehr hinterfragte Grenze zwischen Phantasie und Realität bei einem Reanimationspatienten in verstörender Weise durchlässig ist. Es spielen Eindrücke ineinander, die ihren Platz auf streng getrennten Bewusstseinsebenen haben. Die Rekonstruktion dieser Grenze ist ein eminenter Schritt zur Wiedereingliederung eines Reanimierten in die Gesellschaft und dauert im Fall von Herrn Schelling, wie wir gerade erlebt haben, noch an.«

Sein Monolog hatte offenbar Eindruck auf die Zuhörer gemacht. Böger genoss es, zu verfolgen, dass die Journalisten ins Nachfertigen von Notizen vertieft waren, anstatt wie bisher auf eine Redepause zu lauern, um mit einer Frage einzuscheren.

»Wäre es in diesem Fall nicht sinnvoll, den Patienten konsequent auf solche Fehleinschätzungen aufmerksam zu machen und ihn zu korrigieren?«

Er hatte gewonnen. Allein der Tonfall des Fragenden beinhaltete seine Unterwerfung unter die medizinische Kompetenz Bögers.

»Ich bin der Auffassung, es bleibt von essentieller Bedeutung, dass der Patient selbst diese Grenze zwischen Realität und Gedanken wieder absteckt – und dass er dies auf der Basis eigener Erfahrungen tut. Unsere Ratschläge stünden in der aktuellen Phase ohnehin nur auf gleicher Ebene mit all den Eindrücken und Fehlinterpretationen, die ihm von seinen Träumen eingeflößt werden. Wir müssen uns erst noch als Autorität im Realitätsempfinden des Patienten etablieren und dabei auf die grundlegenden Strukturen des menschlichen Gehirns bauen. Aber diese Reorganisation ist bereits im vollen Gange, auch wenn die Phantasie eines so großartigen Autors selbstverständlich kein allzu leichter Gegner ist!«

Nun hatte Böger die Lacher auf seiner Seite. Spät, aber überzeugend genug, um auf eine milde bis wohlwollende Berichterstattung zu hoffen.

»In diesem Sinne würde ich mir wünschen, auch Sie werden sich nicht von seiner letzten Äußerung beirren lassen und Ihren vorangegangenen Eindrücken Glauben schenken!«

Der Medienberater pflichtete Böger mit respektvollem Nicken bei. Das war genau der Satz, der an dieser Stelle fallen musste.

Teil 4

1

»Tja, ich weiß nicht«, Heitmann geleitete mich durch den Flur zum Wintergarten am Ende des Ganges, »wie kann ich nun die Gefühle zusammenfassen, die mir durch den Kopf gingen, seit ich von deiner Wiederbelebung erfahren habe …?«

Wir hatten die geschlossenen Türen zum Arbeitszimmer und zum Salon, zu seinem Schlafraum und zur Küche passiert, als Heitmann im Eingang zum Wintergarten stehen blieb und zurück in den Flur deutete: »Übrigens – das Billardzimmer wird zurzeit von meinem Jüngsten bewohnt. Er hat sein Standbein in England aufgegeben und will nun hier versuchen, sich eine neue Existenz aufzubauen. Kurios, nicht wahr? Nach all den ganzen Jahren ist man plötzlich wieder Vater … Ich hoffe, du nimmst auch mit dem Wintergarten vorlieb?! Ich ziehe ihn, ehrlich gesagt, mittlerweile als Ort der Entspannung und auch zur Arbeit vor … Du wirst sehen, es hat sich einiges geändert!«

Ich erkannte den Raum. Und ich erkannte Dinge, die innerhalb der Wohnung den Raum gewechselt hatten. Der schwere Schreibtisch aus dem Arbeitszimmer stand nun hier, frontal zur türlosen Hälfte der Fensterfront. An der gegenüberliegenden Wand hingen die großformatigen, auf Holz gezogenen Autorenfotos, welche früher den Billardtisch umringt hatten und nun die Tür umrahmten, durch die wir den Raum betreten hatten.

Es waren mehr Fotos, als ich in Erinnerung hatte, und obwohl mir klar war, dass ich einige dieser Autoren persönlich kennengelernt oder zumindest ihr Porträt bereits im Billardzimmer gesehen haben musste, vermochte ich keine Grenze zu ziehen zwischen denen, die neu hinzugekommen waren und denen, die mir hätten bekannt sein müssen. Es trudelten einige Namen durch meinen Kopf, aber nur selten gelang es mir, ein komplettes Paar aus Vor- und Nachnamen einem der Fotos zuzuordnen, und mit jedem Foto, das ich intensiver betrachtete, verringerte sich das Vertrauen in mein Gedächtnis. Und dann blickte ich mir selbst in die Augen.

Es war keines der drei Fotos aus den Büchern, sondern ein älteres. Charaktervoller, dachte ich stolz, auch wenn ich mich erinnerte und zugeben musste, dass ich mir damals auf diesem Bild fremd vorgekommen war. Für die Bücher hätte ich auf dem Bild einen zu harten Blick, hatte Heitmann damals behauptet, und es war darum nie für eine Veröffentlichung genutzt worden.

Heitmann sah mir fasziniert dabei zu, wie ich die Fotowand betrachtete.

»Meine Galerie der Toten. Die hat es damals noch nicht gegeben. Über die Jahre aber haben sich einige Gesichter meiner Schützlinge angesammelt, die sich vom Leben verabschiedet haben, und dies ist nun ihr Platz. Das Billardzimmer bleibt den Fotos der lebenden Autoren vorbehalten. Mittlerweile vergeht kaum ein Jahr, ohne dass eines der Bildnisse umzieht. Nun, selbst ich bin ja bereits in den Wintergarten umgezogen!«, er lächelte mich an, dann seufzte er, den Blick wieder auf die Fotos gewandt. »Es schmerzt, sich die Reihe der toten Freunde anzuschauen. Freunde, die man einen nach dem anderen überlebt hat, obwohl so viel Leben in manchem von ihnen steckte. Es ist ein seltsames Prinzip, das denke ich jedes Mal, wenn ich diese Fotos betrachte … Aber jetzt«, Heitmann atmete tief ein und deutete auf mein Foto, »scheinen solche Grenzen und Gewissheiten aufgeweicht zu werden. Gut so. Man liest in den Zeitungen von solchen Dingen, erfährt, was medizinisch möglich sein soll und sich im Irgendwo zuträgt, und plötzlich findet es vor der eigenen Tür statt. Wird man sich daran gewöhnen können? Aber, bitte, setz' dich erst einmal …«

Mir war nicht ganz klar, wie willkommen ihm meine Rückkehr ins

Leben tatsächlich war, aber ich würde Heitmann keine Vorwürfe machen, mit der Situation nicht umgehen zu können. Er war mein erster Kontakt außerhalb des in der Klinik zusammengekommenen Personenkreises, und ich ahnte, dass ich meine Rolle als zurückgekehrter Eindringling nie mögen würde.

»Möchtest du etwas trinken? Dein Arzt hat mich vorsorglich angerufen und gemahnt, ich dürfe dir nichts Alkoholisches anbieten. Das möchte ich also auch nicht tun. Es sei denn, du verlangst danach ...«

»Na, dann also Prost!«

Der Medienberater hob die Champagner-Flöte mit ordinärem Schwung in die Höhe. Böger deutete eine Lippenbewegung an, die kaum vernehmliche Worte hervorpresste: »Zum Wohl!«

Heute Mittag war der Kerl in die Klinik gekommen, einen prall gefüllten Aktenordner unter den Armen, in dem die seit der Pressekonferenz veröffentlichten Artikel und Kleinstnotizen eingeheftet waren. In der anderen Hand hatte er eine Flasche Champagner gehalten, unverhüllt, zwei Gläser behelfsmäßig in den Taschen seines Mantels versenkt. Dem Mann fehlte es schlichtweg an Feingefühl für seine Umgebung.

Nach kurzem Durchblättern des Ordners hatte Böger das Gefühl, dass nicht wenige der ausgeschnittenen Berichte von denselben Vorlagen übernommen worden waren, sich nur äußerlich voneinander unterschieden. Dieser Aktenordner war eine inflationäre Bündelung der sich wiederholender Sätze, ein Triumph, der sich schnell zusammendampfen ließ auf einige Kernberichte, welche Böger ohnehin bekannt waren, weil er die entsprechenden Zeitungen bereits am Bahnhof erstanden hatte. Eine unnötige Ausgabe, nicht allein wegen der ihm nun doppelt vorliegenden Ausschnitte. Diese Erfolgsgeschichten lasen sich schal, alles Triumphale war ihnen in den zurückliegenden Stunden entglitten.

Böger betrachtete das Foto. Es war in allen Zeitungen in etwa das gleiche gewesen und zeigte ihn neben dem ungewohnt energisch wirkenden Schriftsteller. Er hatte dieses Motiv freigegeben, es gemeinsam mit dem Medienberater ausgewählt, aber nun, in der groben Rasterung, platziert auf den Titelseiten der Zeitungen, wirkte sein Lächeln, das er seit Jahrzehnten für Fotos bemühte und gemeinhin als gelungen empfand, beschämend ahnungslos.

Er wusste, dass Marlies es als sein Lächeln wiedererkennen würde. Ein Lächeln, das bereits auf etlichen Gesellschaftsfotos festgehalten worden war, von Böger immer wieder für den Moment des Auslösens in sein Gesicht getrieben, immer gleich, sogar auf ihren Hochzeitsfotos. Marlies würde, noch bevor sie ein Wort in der Zeitung gelesen hatte, denken: »Gott sei dank bin ich den los!«

»Nun, du weißt mittlerweile, dass du nie wirklich verschwunden warst? Marie hat mir noch kurz vor ihrem Tod die redigierten Briefe zur Veröffentlichung freigegeben.«

Der Alkohol brannte, rang mir eine Regung ab, die ich mit Heitmanns Äußerung nicht in Zusammenhang gebracht haben wollte. Schnell stellte ich das Glas ab, damit er verstand.

»Sie hat sich lange geziert, das darfst du mir glauben, vielleicht war es auch nur ihre Krankheit, die sie ins Wanken gebracht hat – das Gefühl, ein weiteres Nein von ihr hätte für die Ewigkeit gegolten«, Heitmann blickte zaghaft auf. »Vielleicht war es auch meine Penetranz. Auf die ich schon lange nicht mehr stolz bin. Man redet sich ein, sie gehöre zu unserem Beruf, aber man wird es gerade deshalb satt, sich überhaupt noch reden zu hören. Glaube mir: Jeden Vorwurf, den du mir machen könntest – ich habe ihn mir längst selbst gemacht. Irgendwann hört man damit einfach auf, lässt alles geschehen, als wäre es zu spät, noch einmal etwas zu ändern.«

Meine Speiseröhre fühlte sich an, als wäre sie mit Schmirgelpapier behandelt worden, brannte schmerzhafter denn je. Sie sog den Atem aus meinen Lungen, hinein in den Magen, wo sich ein gewaltiger

Krampf organisierte. Mir fehlte die Luft, um Heitmann irgendetwas zu entgegnen.

»Die Toten«, er schaute wie erstarrt auf die Fotos an der Wand hinter mir, »haben mich reich gemacht. Ein Leichenfledderer, das ist es, was aus mir geworden ist. Weil das Schicksal sie alle hat an mir vorüberziehen lassen. Und nun«, sein Blick richtete sich wieder auf mich, »kommst du zurück.«

Wir schwiegen. Nur der Schmerz in der Speiseröhre röhrte schrill in mir.

»Ich bin nie dazu gekommen, dir meine Verwunderung über dein letztes Buch mitzuteilen, zu dem Fragment, das du mir zugesandt hattest, aus dem ich, wie du weißt, schließlich doch noch ein Buch gemacht habe. Diese Liebesgeschichten – sie liegen dir einfach nicht, hätte ich gesagt. Aber deine Leser haben augenfällig anders entschieden. Na, vielleicht war es auch wirklich nur das Mysterium des unvollendeten Werkes, das den Erfolg ausgemacht hat. Ich war mir immer sicher, du hättest den größten Teil des bereits Geschriebenen noch einmal völlig umgeworfen, wenn dir die Zeit dazu geblieben wäre. Und ich bin der Auffassung, dass die gängigsten Deutungen und Annahmen über das von dir intendierte Ende allesamt fehlgeleitet sind. Um mir dessen sicher zu sein, habe ich deine Bestätigung nie gebraucht. Aber trotzdem interessiert es mich: Was hättest du mit dem Manuskript getan, wenn du gewusst hättest, dass du am folgenden Tag sterben würdest?«

»Ich hätte es verbrannt.«

Es rutschte mir einfach heraus. Überrascht und begeistert, meine Stimme wiedergefunden zu haben, fügte ich schnell hinzu: »Ich hätte auch die Briefe verbrannt. Und die anderen Bücher.«

Das war unaufrichtig und maßlos übertrieben. Aber es bereitete mir Genuss, es genau so zu behaupten.

»Ich denke, uns ist ein guter Start gelungen – mit diesem Echo im Rücken dürfen wir zuversichtlich weiterarbeiten. Über mangelnde Interviewanfragen können wir jedenfalls nicht klagen. Wie schätzen Sie die Chancen ein, unseren Autor wieder zum Schreiben zu bewegen?«

Böger betrachtete den ihm trotz der zahlreichen gemeinsam verbrachten Stunden fremd gebliebenen Mann. Die überzogene gute Laune des Medienberaters provozierte ihn. Für Böger bestand kein Anlass, weitere Pläne zu schmieden.

Sicherlich würde es den Bedürfnissen der berichtenden Zunft entsprechen, als nächstes zu vermelden, ein neuer Roman aus der Feder des Wiederbelebten sei zu erwarten, untermauert von einem Foto des eifrig kritzelnden Patienten. Andererseits irrten auf der Station zwei Schachspieler, ein in DVD-Dauerberieselung Versunkener und ein manisch renitenter Greis umher, die Böger ein ungutes Gefühl gaben.

Von medizinischer Seite war der Fall Schelling erledigt, und die Nachbetreuung erforderte keine größeren Mühen, zumindest nicht die Anwesenheit des Chefarztes. Es verlangte ihn danach, nun auch die lästig gewordene Nabelschnur zu diesem nimmersatt nach neuen Einfällen dürstenden Balg im Anzug zu kappen. Er fühlte sich von einer unbestimmten Kraftlosigkeit ergriffen, die ihn die monotonen Arbeitsrhythmen der durch die Gänge huschenden Krankenschwestern und Pfleger mit Neid betrachten ließ. Jeder dieser reglementierten Handgriffe erschien ihm bedeutungsvoller als alles von ihm zu Planende, die ganze Clownerie des Taktischen.

»Wissen Sie – wir sollten abwarten und die weiteren Dinge einfach auf uns zukommen lassen.«

Das professionelle Lächeln des Beraters gefror um einen weiteren Härtegrad und wehrte sich tapfer gegen die widerstrebenden Gedanken im Hinterkopf. Scheinbar ungerührt rüstete sich der Mann zum Rückzug:

»Die ganze Geschichte würde sich natürlich auch stimmiger abbilden lassen, wenn wir die klinische Kulisse nach und nach ausblenden. Von den Nachrichten- und Wissenschaftsressorts zu Gesellschaft und Kultur – Sie verstehen?«

Böger spürte, dass der Champagner in Kürze das gewohnte Sodbrennen bei ihm auslösen würde. Sobald er den Kerl losgeworden war, würde er sich in ein freies Bett legen, um dort für ein paar Minuten Schlaf zu finden. Er wollte einschlafen mit dem längst vom Schreibtisch geräumten Porträt von Marlies vor Augen, auf dem sie so hübsch ausgesehen hatte, wie sie eigentlich nie gewesen war und wie Böger sie trotzdem in Erinnerung behalten würde. Ein einziger günstiger Augenblick, auf Jahre eingefroren.

»Wir beide sind uns zu ähnlich, um uns etwas vorzumachen, mein Lieber!«

Heitmann klang verbittert und ich war mir nicht sicher, was er in meine Worte hineininterpretierte. Unsere gemeinsame Geschichte bot zu viele Anknüpfungspunkte hierfür. Ursprünglich hatten wir uns über das Interesse am Schreiben kennengelernt, aus dem er wie ich nach und nach einen Beruf machten. Das uns Verbindende war uns wichtig und einleuchtend genug gewesen, um über Jahre hinweg in Kontakt zu bleiben. Aber jetzt stand mir ein alter Mann gegenüber, dessen Aussehen alle grausamen Details des Alters offenbarte und mich geradezu schockierte. Ich wusste um mein eigenes Alter, das nach außen nicht sichtbar war, aber tief in mir die siebzehn verlorenen Jahre konservierte, in meinen Knochen und meinem Fleisch lauerte. Nun saß ich hier, eine Mumie unserer Vergangenheit gewordenen Freundschaft. Alles hatte sich verändert – ich nicht.

Was Heitmann an Ähnlichkeiten zwischen uns sehen wollte, verleugnete die Jahre, die in der Zwischenzeit verstrichen waren, verleugnete, dass mittlerweile mir gänzlich unbekannte Porträts seinen Billardtisch flankierten.

»Du hast dir nichts vorzuwerfen«, sagte ich und fügte hinzu, von seinem ernsten Blick bewogen: »Und ich wäre der Letzte, der dir etwas vorwerfen könnte!«

Er lächelte mit besänftigter Miene, ungläubig, aber zu patent, um seine Zweifel kundzutun. Was immer er heute gutzumachen wünschte, ich war ihm ein schlechter Gehilfe.

Müde betrachtete Marlies das Titelfoto der Zeitung. »Schlüsselübergabe zum neu eröffneten Klinikanbau«, untertitelte das ihr stets verzichtbar gebliebene Lokalblättchen seine Meldung des Tages. Er konnte einfach nicht damit aufhören, sich als Macher zu präsentieren, aber Marlies vermochte die Hilflosigkeit und Verlegenheit in dem Gesicht ihres Ex-Mannes herauszulesen. Dazu hätte es nicht einmal der letzten Telefongespräche bedurft. Es würde ihm nicht gelingen, über seinen Schatten zu springen, nach all den Jahren nicht.

Sie hatte Jerrys unerwartete Einladung, ihn bei seiner Schwester in London zu besuchen, begeistert angenommen. Eine Flucht nach vorn, die ihr Gelegenheit geben würde, endlich etwas auszuspannen, Seele und Beine baumeln zu lassen, die letzten Tage zu verarbeiten.

Mit den Fingerspitzen griff sie nach einem Haar zwischen ihren Lippen, das sie schon eine ganze Weile im Mund gestört hatte, ohne zu fassen gewesen zu sein. Als sie es nun hervorzog, bemerkte sie, dass es noch in ihrer Kopfhaut verankert war. Vermutlich hatte der Fahrtwind es ihr in den Mund geweht.

Es war wegen des noch nicht verflogenen Ärgers über das lästige Kitzeln auf dem Zungenrücken, dass sie das bereits aus dem Mund entfernte Haar ausriss. Der feine, spitze Schmerz gefiel ihr, auch wenn sie der Anblick der talgigen Haarwurzel seltsam melancholisch machte. Ja, London, das könnte ihr gut tun.

Als sie an der Grenze auf den Zug zusteuerte, der sie unter dem Ärmelkanal hindurchbringen würde, fühlte sie sich von einer beglückenden Fröhlichkeit getrieben und ärgerte sich über die Gleichgültigkeit ihrer Mitreisenden, die diese Strecke womöglich schon viele Male hinter sich gebracht hatten oder einfach nicht den Eindruck der Unerfahrenheit wecken wollten.

Sie selbst ließ ihre Blicke umherschweifen und blieb einige Male unvermittelt stehen, bei den anderen Reisenden ein protestierendes Rumoren hervorrufend. Sie wollte das Gefühl der Reise ganz auf sich wirken lassen.

Vielleicht hatte sie sich zu viel zugemutet in den letzten Tagen, zu viel Hoffnung in längst vergangene Dinge gesetzt. Da sie sich nicht vorstellen konnte, dass sie unter dem Kanal noch Empfang haben würde, tippte sie schnell eine kurze Nachricht in ihr Handy: »Verzeih mir.«

Als die Bestätigung der versandten Mitteilung im Display angezeigt wurde, bestieg sie den Zug. Sollten die Schächte des Tunnels zusammenbrechen, während sie dort unten entlangfuhr, könnte ihre SMS ihretwegen für jede Interpretation freigegeben sein. Sie war aufgeregt wie ein Kind und bedauerte bereits, für den Rückweg einen Flug gebucht zu haben.

2

»Und, wie ist es um deine aktuellen Autoren bestellt?«

»Du kennst keinen von ihnen. Aber alles Menschen, die sich darum reißen würden, deine Bekanntschaft zu machen, das weiß ich wohl. Komm mit, ich zeige sie dir.«

Heitmann trat an meine Seite, um mir beim Aufrichten aus dem tiefen Sessel behilflich zu sein.

Nur schwerfällig kam ich in den eigentlich Routine gewordenen Rhythmus meiner Schritte. Die ungewohnten Herausforderungen des Tages forderten ihren Tribut und ließen den Flur bei seiner zweiten Durchquerung zu einer kräftezehrenden Strecke anwachsen. Ich konnte eine Ungeduld bei Heitmann spüren, die wohl auch von der Sorge genährt wurde, er könnte mich überfordert haben. Ich versuchte, mir mein Schwindeln nicht anmerken zu lassen und hielt mich aufrecht, während die Tür zum Billardzimmer sich vor meinen Augen wie in einer Blase gespiegelt verzerrte und einmal näher, dann wieder weiter entfernt erschien. Ich stürzte nicht. Es war jedoch, als würde mein Kopf sich leeren. Eine Leere, die wie ein milchiger Schleier in meinen Blick und meine Gedanken sickerte. Ich versuchte, tief durchzuatmen, wieder Klarheit in meinem Kopf herzustellen, musste dies dann immer wieder tun, in immer kürzeren Intervallen. Heitmann hielt mein Straucheln für ein Zeichen körperlicher Erschöpfung, murmelte etwas wie: »Gleich kannst du dich ausruhen!«

Auch ich wollte lediglich Erschöpfung in alldem sehen. Der Boden vibrierte, als würde sich eine Bahn in Bewegung setzen.

»Setz dich, ich hole dir ein Glas Wasser!«

Ich hatte nicht bemerkt, dass wir im Billardzimmer angelangt waren, konnte mich nicht im Geringsten daran erinnern, den Türrahmen passiert zu haben, den ich doch fortwährend als Ziel fixiert hatte. Der Raum, nein, meine Gegenwart in diesem Raum war unwirklich. Wie um mich zu vergewissern, dass Tür und Rahmen überhaupt in der von mir vermuteten Weise existierten, drehte ich mich um und sah Heitmann das Zimmer tatsächlich durch jene Tür betreten.

Er reichte mir das bis zum Rand gefüllte Glas Wasser mit schuldbewusstem Blick: »Das bekommt dir sicherlich etwas besser.«

Ich saugte mehr, als dass ich trank, hastig schluckend, von einem Automatismus in meinem gierig hopsenden Kehlkopf getrieben. Es war uns beiden peinlich. Als ich den letzten Zug mit einem verschluckten Husten besiegelte, deutete der Freund auf die mächtigen Bilder hinter mir.

»Du siehst, die Ästhetik der Autorenfotos hat sich gewandelt. Von euch hatte man noch eine freundliche Nachdenklichkeit verlangt, dezente Garderobe. Heutzutage geht es mehr um die Abgrenzung, Exzentrik, das Stehen über den Dingen, du verstehst?«

Ich hatte keine Ahnung. Ich sah mir ein Gesicht nach dem anderen an, und die Vorstellung, dass mein Platz in dieser Reihe gewesen wäre, hätte das Schicksal vor siebzehn Jahren nicht anders entschieden, war befremdlich. Diese Männer und die eine, in der Gruppe verirrt wirkende Frau waren mir überlegen. Das ließ sich aus ihren verschmitzten Blicken ablesen, das sagte die Art, wie ihre Hemdkragen aufgestellt waren. Mochte ich auch bereits meine Zeitgenossen als mir fremde Personen bezeichnet und empfunden haben, so war nun selbst jene Verbindungslinie gekappt, die zu den zeitgleich mit mir Schreibenden bestanden hatte, aber von mir wissentlich geleugnet worden war.

Inmitten dieser Sammlung stieß ich schließlich auf eine mir vertraute Person.

»Den kenne ich«, wisperte ich, leiser, als es meiner Stimme möglich sein sollte. Ich fokussierte meinen Blick, um zu verdeutlichen, von welchem Foto ich sprach, räusperte mich und fügte mit normaler Lautstärke hinzu: »Aus der Klinik.«

Heitmann nickte. Skeptisch, aber ohne Protest.

Ich betrachtete gebannt das Bild des Alten, wunderte mich, wie lebendig er auf der Fotografie wirkte. Ein gutes Foto.

»Er lag im Nachbarzimmer.«

Ich bemerkte wohl, dass Heitmann an meinen Worten vorbeilauschte, etwas Besorgniserregendes hinter ihnen witterte. Seine Körpersprache wollte mir bedeuten, das Reden einzustellen. Es schmerzte ihn, mich im Wirren zu wissen. Heitmann suchte nach einem ablenkenden Satz, der die Kulisse der Klarheit wieder herrichten könnte, zumindest für einen Moment, aber schwieg.

Er schluckte trocken, schaute auf seine Uhr, dann stand er mit einem Mal auf, als hätte er ein Geräusch in einem der Nebenräume gehört: »Du entschuldigst mich für einen Moment?!« Ohne meine Antwort abzuwarten, verließ er das Billardzimmer. Ich hatte nichts gehört. Trotzdem wurde ich erst ungeduldig, nachdem die Zeit verstrichen war, die man einem Telefonat zugestanden hätte, während dessen Verlauf man einen Freund in einem anderen Raum auf sich warten wusste. Ich ahnte, dass ich alleine bleiben würde, und es machte mir Angst.

Ich erkannte den Flur kaum wieder. Man hatte ihn abgedunkelt, das Licht heruntergedreht. Vielleicht erschien es mir auch nur so, weil ich den Flur vom lichtdurchfluteten Billardzimmer aus betrat, dem hellsten Raum des Hauses, seit die hochgewachsenen Tannen den Wintergarten verdunkelten.

Das diffuse Licht verebbte im Gang, ohne zuvor dessen Endpunkte zu offenbaren. Man hätte in beide Richtungen losgehen können.

Obwohl mich so viele Erinnerungen mit diesem Haus verbanden und mir Orientierung gaben, war mir der Flur in diesem Moment unheimlich. Ich meinte, ein Flüstern aus dem Billardzimmer zu hören, und zog mit einem Knall die Tür hinter mir zu. Meine Augen versöhnten sich nach und nach mit dem gedämpften Licht und ich wandte mich nach rechts, ging zunächst nah an der Wand entlang, dann, etwas selbstsicherer, in der Mitte des Flures. Ein Brummen über mir bestätigte die Vermutung, das Licht sei um einige Stufen gedimmt worden. Die Geräusche der Strahler liefen in Wellen den Gang entlang. Hinter mir herrschte dagegen Stille, und als ich mich umwandte, bemerkte ich, dass der Gang in meinem Rücken finster geworden war.

Noch in dem Moment, als ich mich wieder zurückdrehte, raste die Reihe der gelöschten Lichter über mich hinweg und ließ mich im Dunklen zurück.

Ich versuchte, mit den verlöschenden Lichtern Schritt zu halten, merkte aber, dass es nicht möglich war, als mich etwas an der linken Schulter berührte, den Arm hinabtauchte und nach meiner Hand griff. Es lag etwas Vertrautes in der Art, wie sich die fremden Finger zwischen meine eigenen schmiegten, und mit diesem Gefühl ging ich wie neu aufgerichtet. Ich drehte den Kopf nicht nach links, sperrte mich dagegen, die Person neben mir zu betrachten, dem Gefühl in meiner Hand eine nüchterne Auflösung entgegenzusetzen. Ich sah den verkümmernden Rest des Lichts in den Tiefen des Flures entschwinden, war im nächsten Augenblick in vollkommene Dunkelheit getaucht. Noch immer spürte ich die fremde wie vertraute Hand in meiner linken, verlor dann aber das Gefühl für meine rechte Hand, für den kompletten Arm, meinte plötzlich, meine Schulter würde zur rechten Seite ins Leere laufen. Doch es spielte keine Rolle, ich würde es nicht kontrollieren, würde nicht mit der linken Hand meine Schulter abtasten, nicht um den Preis, die fremde Hand loszulassen und schließlich alleine im Dunkeln zu sein.

Mir kam der Gedanke, dass es vielleicht gar keine fremde Hand war, die meine Linke umklammerte, sondern meine eigene, meine zweite Hand, die ich in einer verirrten Verrenkung selbst ergriffen haben könnte, und mit der Ungewissheit kam die Einsamkeit wieder. Wie zur Kontrolle drückte ich die zweite Hand, spannte für einen kurzen Moment die Muskeln an, fester, als ich es bislang getan hatte. Ich spürte nichts, wartete.

Die andere Hand erwiderte den Druck.

Das war nicht meine Hand.

Ich war wieder zurück.

Tracklist

Frank Klötgen liest aus »Der Fall Schelling«

1. 10:38 Uhr
2. Ein Idiot
3. Doktorarbeiten
4. Der Besuch

Bonustracks

5. Die Stadt liebt dich
6. Rechne mit Wolkenbrüchen
7. Du in den Daunen

Gesamtspielzeit: 49 Minuten